1362

Viviane Moore

La porta degli inferi

TEA DUE

Romanzi di Viviane Moore
pubblicati in questa collana

LE INCHIESTE DI GALERAN DE LESNEVEN

La porta degli inferi
Blu sangue

VIVIANE MOORE

LA PORTA DEGLI INFERI

Romanzo

Traduzione di
Tommaso Gorni

TEA

TEA – Tascabili degli Editori Associati S.p.A., Milano
www.tealibri.it

Titolo originale
Noir Roman

Prima edizione TEADUE maggio 2006

LA PORTA DEGLI INFERI

A Suzanne, questo viaggio nel XII secolo
che abbiamo sognato insieme...

PROLOGO

UNA LUCE DIFFUSA filtrava attraverso la coltre di nebbia che gravava sui monti d'Arez. Le brughiere tinteggiavano di malva le creste rocciose, mentre le secolari fustaie e la palude di Yeûn riposavano ancora nell'ombra. Una melma nerastra ricopriva le torbiere sventrate e vapori malsani fumavano tra i ginestroni sopra le acque stagnanti.

Quella mattina di settembre del 1144 Renoulf e suo figlio Maloù si erano messi in cammino al sorgere del sole per cacciare di frodo un po' di selvaggina nella speranza di ingrassare il bottino del loro pranzo. Avanzavano lentamente, incuranti dei nugoli di zanzare che li assalivano, e affondando nell'acqua sino alle ginocchia scandagliavano i densi solchi melmosi. Di quando in quando, tra i giunchi, echeggiava il grido di una folaga spaventata dal loro passaggio.

Tarchiato e di bassa statura, Renoulf portava sulla cotta una schiavina* di pelle di cane chiusa alla bell'e meglio con una corda. Occhi grigi color della bruma, viso raggrinzito e fronte bassa, era uomo di poche parole.

Quando apriva bocca, teneva lo sguardo sempre rivolto

* Per questo e altri termini particolari si veda il Glossarietto in fondo al volume.

al terreno, come se le torbiere che lo circondavano lo opprimessero.

Proprio come suo padre, Maloù aveva gambe corte ma robuste. Sebbene fosse già sui sedici anni, sembrava privo d'ingegno, oltre che del dono della parola, e niente gli piaceva quanto trascorrere intere giornate a inseguire prede nella Yeûn.

Conosceva così bene i pericoli dell'immensa palude che spesso il parroco di Lannédern gli chiedeva di accompagnarlo alla Youdik, la grande pozza d'acqua verdastra che di tanto in tanto ribolliva sprigionando sgradevoli odori.

Era la porta delle Tenebre, la «bocca spalancata» che conduceva dritto agli Inferi, come dicevano i saggi. Soltanto un uomo consacrato a Dio poteva, senza pericoli, condurvi le anime dei dannati, cucite nella pelle di un cane nero o di un lupo.

Il sole stava per calare dietro il Menez Mikêl, e ai due cacciatori restavano da recuperare tre lacci, di cui uno vicino alla riva del fiume.

«Corri all'Elez, Maloù, io vado alla palude. Ci troviamo a casa», bofonchiò il padre con la sua voce bassa.

Il figlio scrollò la testa, poi si voltò con piglio deciso e imboccò un sentiero erboso che sapeva lo avrebbe condotto al fiume. Tuttavia, a mano a mano che vi si avvicinava, la bruma diventava sempre più fitta. Banchi spessi fluttuavano ormai a pochi pollici dal suolo.

Non si sentiva alcun rumore: anche i passi del ragazzo erano attutiti, come avviluppati dalla nebbia.

Davanti a lui la più piccola roccia, il più minuto tronco d'albero si protendevano attorcigliandosi, trasfigurandosi lentamente. Disorientato, Maloù si fermò di colpo e puntò in alto il naso come un cane che fiuti una traccia. Le narici dilatate, girando la testa a destra e a sinistra, annusò a lungo il tanfo di decomposizione della palude cercando di individuare l'acre odore dell'Elez.

Non sentendolo, s'inginocchiò e appoggiò un orecchio sulla terra fradicia. Restò qualche istante in quella posizione, immobile, attento ai rumori sotterranei, quindi si alzò.

Dopo aver ripreso il bastone, deviò a destra, scostando con circospezione l'erba alta.

La nebbia era così fitta che non riusciva a vedere nemmeno la calzamaglia. Il ragazzo, però, non rallentava: un flebile mormorio, il rumore dell'acqua che scivolava sulle rocce, lo guidava. L'Elez, benché non ancora in vista, era ormai vicino.

La sagoma scheletrica di un albero senza vita gli si stagliò improvvisamente davanti. Maloù riconobbe il tronco deforme nelle cui cavità nascondeva le trappole. Il laccio, nascosto tra i giunchi dell'argine, non doveva essere tanto lontano.

S'incamminò sulla destra, là dove l'acqua viva scorre tra le piante palustri. Il bastone all'improvviso urtò un ostacolo che gli fece perdere l'equilibrio. Poiché non riusciva a distinguere nulla, scostò intimorito con il piede quella che gli sembrava la carcassa di un animale. La strana « cosa », animata da un guizzo insolito, scivolò verso la battigia melmosa tra l'erba alta.

Maloù balzò all'indietro: la « cosa », per metà immersa nell'acqua, adesso era immobile. Attese un istante, nel silenzio più totale. Poi si accostò, il bastone a mezz'aria, cercando di capire in che sorta di animale si fosse imbattuto.

Gli sfuggì un gemito. Non si trattava della carogna di un animale, ma del corpo rattrappito e coperto di fango di un bambino.

Maloù si chinò, lo afferrò per le ascelle e lo trascinò in secca sino ai piedi del vecchio albero. Pulì lentamente con le dita il povero viso, scostando i capelli incrostati, grattando via con le unghie il fango e i fili d'erba che imbrattavano il mento e le guance nel tentativo di riconoscere un volto che gli fosse noto.

Poi si fermò, le sopracciglia aggrottate, e un flebile lamento gli sfuggì dalle labbra. Il piccolo doveva avere al massimo otto o nove anni. Gli occhi stralunati lo fissavano e le labbra contratte lasciavano intravedere i denti.

Maloù si rialzò e con passo svelto si allontanò tra i giunchi alla ricerca del laccio. Di certo Renoulf era già a casa, pronto a ripartire per la consegna della torba, e il ragazzo sapeva che al padre non piaceva aspettare. Quando tornò dalla riva con la testa di una folaga penzolante dal carniere, aveva un'aria risoluta. Si chinò sul corpo del bambino, se lo caricò sulle spalle e riprese il cammino facendosi largo tra i giunchi della Yeûn.

La capanna dove Maloù abitava con i suoi genitori sorgeva su un sentiero melmoso che conduceva alla palude. Piena di pesci e di anatre, nei mesi estivi la Yeûn riforniva della torba indispensabile per riscaldare le famiglie dei villaggi limitrofi.

Il ragazzo apparteneva a una delle quattro famiglie cui la palude dava da vivere. Ciascuna sfruttava la propria torbiera e, in genere, non si avvicinava alle altre. Era gente che sapeva dove cercarsi in caso di necessità, e questo era più che sufficiente.

Circondata da una siepe di rovi, la casupola stava in piedi per miracolo. Un'apertura ricavata nel tetto di giunchi lasciava fuoriuscire dense volute di fumo nero. I fatiscenti muri di paglia e argilla minacciavano di crollare.

Lì era nato, e si sostentava, il piccolo Maloù: lui e la sua famiglia dipendevano in tutto e per tutto dalla Yeûn che, tra buone e cattive annate, offriva loro di che vivere.

In cinque abitavano quella miserabile stamberga: Turold Ar Moigne, il nonno, Renoulf e Gaidik, i genitori, Maloù e la sorellina Katik.

Renoulf, come suo padre prima di lui e lo stesso Maloù, campava grazie allo sfruttamento delle torbiere.

Dall'estate all'autunno, già di buon mattino la famiglia era al lavoro. Dopo aver inciso la torba con dei grandi coltelli, i due uomini la tagliavano con una vanga in zolle delle dimensioni di un mattone, che, umide, venivano caricate da Gaidik e Maloù su una barella e trasportate a fatica sino alla carretta.

Una volta scaricate non lontano dalla capanna, le zolle venivano impilate ed era in quella fase del lavoro che interveniva la piccola Katik. Con le mani sporche di terra grassa costruiva una specie di alveare provvisto di numerose aperture, che consentivano alla torba di essiccarsi.

Il vecchio Turold, da quando i molossi del signore di Huelgoat gli avevano straziato un braccio, se ne stava chiuso in casa e di tanto in tanto aiutava le due donne.

Spesso, però, preferiva recarsi sulle rive dell'Elez per pescare le trote o per sonnecchiare, sdraiato sull'erba di fianco alla sua canna di giunco.

Se l'estate era buona, la torba seccava più in fretta e si poteva sperare di caricarla per tempo e trasportarla al castello, a Huelgoat, a Saint-Herbot o a Lannédern. Altrimenti si doveva pazientare, ma i freddi, cupi mesi d'inverno sopraggiungevano prima che la torba fosse pronta.

I pochi viaggi d'estate con la carretta colma fino all'orlo erano l'unico contatto che i due uomini avessero con gli altri abitanti della palude. Quanto alle donne, restavano prigioniere dell'immensa desolazione della Yeûn. Soltanto il parroco di Lannédern, padre Gwen, faceva loro visita una o due volte l'anno perché pregassero e non dimenticassero la Parola.

Quando Maloù spalancò la porta con un secco colpo di piede, Renoulf, che si era appena sfilato la calzamaglia, ebbe un sussulto. Sebbene la capanna fosse buia, ciò che il figlio portava sulle spalle aveva a tal punto le sembianze di un corpo umano, da allarmarlo immediatamente.

« Cos'hai con te, disgraziato? »

Spostando con l'avambraccio due scodelle, il ragazzo posò delicatamente il corpicino rattrappito sulla grande lastra di scisto su cui la famiglia mangiava. Renoulf si chinò e scorgendo il volto contratto del bambino disse imperturbabile: « Un altro. Dove l'hai trovato? Perché l'hai portato qui? È morto, il piccolino; dobbiamo seppellirlo ».

Maloù annuì con aria mesta.

« Bene, va' a prendere la mula, mentre io avviso Gaidik. Lo porteremo a padre Gwen insieme alla torba. »

PRIMA PARTE

La Morte, il Giudizio, il gelido Inferno,
quando l'uomo ci pensa, può soltanto tremare.
Folle è colui che non riflette.
Perché la morte lo aspetta.
Iscrizione sull'ossario bretone di La Martyre

Capitolo 1

Erano trascorsi tre mesi da quando Galeran de Lesneven aveva lasciato Saint-Denis, per la precisione il 12 giugno, il giorno successivo alla consacrazione della cattedrale da parte dell'abate Sugero, in presenza della bella Eleonora di Aquitania, del suo sposo Luigi VII e di tutti i notabili del regno.

Nonostante la franca amicizia che lo legava a Sugero, il cavaliere, stanco della vita di corte e dei suoi intrighi, era ripartito per il «vasto mondo», dopo aver promesso all'amico che sarebbe tornato a Saint-Denis la primavera successiva.

Originario della viscontea di Léon, in Bretagna, Galeran, che non tornava nella sua terra da ben cinque anni, fremeva dal desiderio di rivedere il maniero di famiglia.

La madre l'accolse con quel sorriso che tanto amava. Non era cambiata in quegli anni: diversamente dalle donne bretoni della sua età, l'origine guascona sembrava salvaguardarla dalla vecchiaia. Nemmeno il clima rigido del Léon riusciva a incanutirle la bruna capigliatura e a rendere grinzoso un viso come sempre illuminato da fossette che erano la spia di un'indole gioiosa.

Sebbene avesse perso diversi bambini in tenera età, ringraziava Dio di averle conservato tre figli e un marito generoso e leale.

La figlia minore, Arzhel, di sedici anni, era partita da

quasi dodici mesi per diventare dama di compagnia della duchessa Ermengarda, madre di Conan III, duca di Cornovaglia.

Ronan, il primogenito, si trovava probabilmente in qualche regione del sud tra l'Aquitania e la Castiglia, ma da tempo non dava sue notizie. Di carnagione scura e stravagante come un latino, si sentiva più a suo agio nelle terre bagnate dal Mediterraneo che ai confini dei freddi mari del nord.

Galeran, però, era tornato e dama Mathilde era felice di rivedere quel figlio che, sotto sotto, era il suo prediletto.

Calmo e posato come sempre, Gilduin de Lesneven lo aveva abbracciato intensamente, senza dire una sola parola.

Più incline alla cura dei campi e del bestiame che alla guerra, Gilduin era un uomo coraggioso, rispettato da tutti, e così saggio che molti, nobili o villani, si rivolgevano a lui per chiedere consiglio.

In seguito a un incendio che aveva distrutto le stalle e provocato la morte di due lavoranti, Gilduin aveva deciso di ricostruire il maniero con lastre di granito. Il costo era elevato, ma il visconte di Léon Guiomarch III, cui aveva reso molti servigi, era stato generoso nei suoi confronti e gli aveva fornito carri per il trasporto delle pietre tagliate e abili muratori.

La celere ristrutturazione era stata possibile anche grazie all'accordo che l'abile mediazione di Gilduin era riuscita a sancire tra il duca di Cornovaglia e il visconte di Léon.

Il trasporto del sale oltre la zona paludosa di Guérande era infatti tornato alla normalità. La sagace arte diplomatica di Gilduin aveva garantito che il commercio del prezioso cristallo grigio restasse nelle mani di Conan sino a Quimper e che da lì giungesse a destinazione nel Léon grazie all'intervento degli uomini di Guiomarch. Un esempio, tra i tanti, del talento di negoziatore del padre di Galeran.

L'antica costruzione in legno era stata smantellata all'inizio dell'anno e una torre di pietra s'innalzava nel villaggio fortificato. Restava da erigere soltanto la seconda cerchia muraria.

Il cortile era stato ingrandito e il vecchio fossato riempito per far posto a dipendenze più ampie. Erano stati costruiti una fucina, un forno per il pane, una stalla, le scuderie che potevano ormai ospitare una trentina di cavalli e tre case di legno dove alloggiavano i valletti e gli uomini d'armi.

Gilduin, con legittimo orgoglio, aveva mostrato a Galeran la nuova torre dalla forma quadrata. La sua fierezza era più che giustificabile poiché in trent'anni era riuscito a ricostruire il castello dopo che suo padre, Florent de Lesneven, partecipando alla crociata aveva praticamente gettato sul lastrico il casato.

Galeran aveva riscoperto con gioia la compagnia dei suoi e di vecchi amici d'infanzia, molti dei quali, maritandosi, si erano assunti nuove responsabilità.

Il tempo scorreva veloce tra battute di caccia e di pesca e lunghe veglie davanti all'imponente camino.

Erano preziosi momenti d'intimità, durante i quali, conclusasi la giornata, ciascuno si rilassava e si abbandonava ai propri pensieri, quando non si esibiva inaspettatamente in qualche narrazione epica. Intanto dama Mathilde, che le aveva ascoltate e riascoltate almeno cento volte, tirava, canticchiando, la lana dalla sua rocca di vimini.

Dopo qualche settimana Galeran cominciò a provare nostalgia della solitudine e delle spiagge dov'era solito vagabondare da adolescente.

Il tempo era splendido, settembre stava ormai per finire, e con esso gli ultimi tepori estivi che avrebbero forse resistito sino alla metà del mese successivo. Quel giorno Galeran partì di buon mattino e, dopo due ore abbondanti di cavalcata nella landa, spronò il destriero verso una lunga spiaggia dorata.

Quolibet, bell'animale di sei anni, più avvezzo alla battaglia che alle passeggiate, recalcitrò all'impatto con il molle terreno della riva inumidita dalla marea.

Galeran saltò di sella e lo condusse per la briglia sino alle rovine di una vecchia cappella arrampicata su una duna.

Lì indugiò, la schiena controvento. Il mare si estendeva a perdita d'occhio e s'increspava sino all'orizzonte sbuffando schizzi di schiuma. All'improvviso il giovane scorse nell'acqua verde gli scuri dorsi di un piccolo branco di balene che giocavano non lontano dalla battigia.

Galeran legò Quolibet a un ceppo bianco; quindi si stirò, respirando a pieni polmoni l'aria tonificante, carica di quel profumo acre che tanto amava. Da sempre quelle dune, dove un tempo gli uomini accendevano grandi bracieri affidati alle cure di religiosi, erano la sua casa. In seguito quei fuochi erano stati spenti per evitare i numerosi e feroci attacchi dei Vichinghi. E la costa, anticamente illuminata dagl'imponenti fari romani, era ripiombata nell'oscurità.

Poi era stata costruita una casa fortificata, compatta e quadrata, dove alloggiavano le vedette incaricate di dare l'allarme in caso di incursioni; adibita in un secondo tempo a cappella, incendiata per ben due volte e riedificata, era stata infine abbandonata su quella duna, dove sprofondava lentamente nella sabbia, più fine di quella di una clessidra, tra gli sparti pungenti e i cardi blu.

Della stretta porta restava soltanto qualche asse carbonizzata che Galeran scavalcò con agilità. L'interno era spoglio. Si scorgevano sulle pareti le tracce nere degli incendi e, in fondo, una pietra d'altare spezzata. Davanti a lui giaceva al suolo una lunga lastra rettangolare, presso la quale s'inginocchiò con devozione. Con un gesto nervoso della mano la ripulì della sabbia che ricopriva l'effigie dello scudo dei Lesneven incisa nella pietra.

Qui riposava il capostipite, morto combattendo i Vichinghi. Tuttavia la leggenda famigliare narrava che il sepolcro fosse vuoto, perché soltanto i Lesneven che erano morti in pace potevano riposare in pace.

Galeran, che credeva fermamente nell'indulgenza infinita di Dio, invocò san Michele, l'arcangelo guerriero preposto al giudizio delle anime. In fin dei conti erano stati tempi così cruenti che a stento si poteva distinguere il grano dal loglio. Forse l'antenato era riuscito a salvarsi forzando, con l'ostinazione della sua stirpe, le porte del paradiso!

Il cavaliere si alzò, l'animo rasserenato.

Sulla soglia della cappella si fermò, guardando lontano. Le balene erano scomparse, e il mare si ritirava, lasciando sulla battigia bruni grovigli di alghe.

In una sera tempestosa Galeran aveva visto emergere dalle onde di quel mare, nel quale si bagnava nuda, la bella Auan dai lunghi capelli. Lì l'aveva stretta tra le braccia, e mille volte aveva baciato il suo corpo di madreperla cosparso di sabbia dorata. Sulle tiepide dune, come in un letto morbido, l'esperta fanciulla gli aveva rivelato i segreti dell'amore e, insieme, avevano osservato la stella mattutina fulgida di bagliori. Lui aveva quindici anni, Auan venti ed era vedova. Non l'aveva più rivista, ma non era riuscito a dimenticarla. In seguito era venuto a sapere che si concedeva a chiunque finché non aveva deciso di ritirarsi in un convento dove la sua devozione era ammirata da tutti.

Il cavaliere sorrise al ricordo di Auan che si rotolava nell'avvallamento delle dune per lasciarvi l'impronta effimera del suo splendido corpo.

Forse è questa l'eternità, pensò rimontando in sella. Vorrei morire qui, su questa spiaggia magica dove i vivi e i trapassati sembrano intendersi così bene e confondersi senza rimpianti.

Fece dietrofront e si lanciò al galoppo sino all'Aber Wrac'h, che costeggiò lasciando che fosse il cavallo a riconoscere il sentiero tra l'erba spianata della landa. I gabbiani li seguivano e volteggiavano nel cielo terso emettendo i loro striduli gridi.

Non appena Galeran ebbe superato il ponte levatoio, fu raggiunto dall'imponente figura di Gilduin. Un uomo, che il cavaliere non aveva mai visto, lo seguiva dappresso.

« Figlio mio, da quanto ho capito costui deve consegnarti un messaggio da parte del suo signore. Ha l'ordine di parlare esclusivamente con te. »

« Sta bene, padre. »

Il nuovo venuto li scrutava senza proferire parola. Di piccola taglia, tarchiato, le gambe storte, indossava sulla cotta una cintura chiodata da cui pendeva un'ascia da lancio. Era di pelo così folto e nero che, tra la barba che gli mangiava le guance e le grosse sopracciglia, non si riuscivano a scorgere gli occhi piccoli e tondi come quelli di una scimmia.

« Sono Galeran de Lesneven », si presentò il cavaliere. « Chi ti manda e cosa vuoi da me? »

L'uomo si chinò di malavoglia davanti a Galeran, e con voce roca rispose: « Mi chiamo Thustan e vengo dai monti d'Arez, messere ». Sembrava poco avvezzo a parlare e respirò a fondo prima di proseguire: « È il mio signore, Broérec de Huelgoat, che mi manda. Ecco il messaggio: dovete seguirmi al suo castello ».

Estrasse dalla cotta una pergamena che tese a Galeran e, senza attendere risposta, andò a sedersi a gambe incrociate non lontano dal suo cavallo. Sfilò l'ascia dalla cintura, la pose di fronte a sé e restò così, immobile, gli occhi fissi sull'arma.

Gilduin lo guardò, aggrottando le sopracciglia, quindi

si girò verso il figlio, che aveva appena riavvolto la pergamena e lo stava osservando.

«Cosa vorrà questo Broérec da te? Non eri al suo fianco ai tempi di quell'incomprensibile guerra tra Conan III e Robert de Vitré?»

Galeran era pensieroso: non vedeva il signore di Huelgoat da più di dieci anni.

«Giusta definizione, padre mio: una guerra incomprensibile. Era il 1134, avevo da poco compiuto diciassette anni ed ero al servizio del duca di Cornovaglia, che aveva conquistato la fortezza di Vitré, e più di ogni altra cosa intendeva mantenerla. Ma Robert de Vitré non era affatto d'accordo.»

«Finalmente ha raggiunto il suo obiettivo», disse lentamente Gilduin, scandendo le parole.

«Cosa intendete dire, padre?»

«Come sai, mi reco spesso in visita al castello del visconte Guiomarch, che mi riceve di buon grado per chiedermi consiglio.»

«Sì, padre, ma cosa vi ha detto?»

«Il visconte mi ha riferito di questa contesa, e a mio avviso il duca non desidera che se ne parli più di tanto. Le malelingue dicono che governi con polso troppo debole. Del resto, ritengo che Conan si sia stancato di questa guerra interminabile. In fin dei conti sono dieci anni che il suo vecchio compagno d'armi non cede. Da qualche settimana Robert si è impossessato, non si sa ancora come, della città, probabilmente grazie a un tradimento. E, come vedi, il duca non ha alzato nemmeno un vessillo per riconquistarla!»

«E i cavalieri?»

«Li ha congedati. Sebbene abbia proposto, ma troppo tardi ormai, di ricomprarne alcuni su consiglio di sua madre Ermengarda.»

«Dieci anni di guerra per arrivare a questo punto! Rischia di perdere i suoi migliori sostenitori. Il visconte vi ha parlato di Broérec?»

«Certamente. Ma cosa dice il messaggio?»

«Sembra che un grande pericolo incomba su di lui e sulla sua famiglia, e mi chiede aiuto in nome della nostra lealtà.»

«Vale a dire?»

«Mi ricorda, tra le righe, che gli sono debitore. Una volta mi ha salvato la vita in un'imboscata e si aspetta che il favore sia ricambiato.»

Galeran tacque; la cicatrice che gli segnava la fronte sembrava ancor più profonda, come sotto l'effetto di uno sforzo intenso.

«Adesso devo lasciarvi, padre.»

«Capisco, ma non mi sembra una buona idea.»

«Lo devo aiutare, sapete bene cosa significhi essere fratelli d'armi. Si è vincolati dal sangue, anche se i rapporti non sono buoni. Si divide tutto, e non solo il pane. Broérec, come ognuno di noi d'altronde, ha pregi e difetti...»

«Temo che in lui abbiano il sopravvento i difetti», sentenziò Gilduin. «La sua condotta non è propriamente cristiana. Ho sentito dire che nel suo castello fa vita dissoluta e non ne dubito, basta guardare quel bel tipo del suo messaggero!»

Mentre parlava, osservava fiero il figlio, la sua alta statura, il viso sincero appena ombreggiato dai capelli neri quasi rasati, e quello sguardo mutevole come il mare di Bretagna.

«Che compagno era questo Broérec?»

«Un compagno singolare, padre. Di otto anni maggiore, non mancava di spirito né di cultura, ma affrontava la guerra più come un bifolco che come un prode cavaliere. Forse per questo gli piaceva, era una guerra di bifolchi: imboscate, trabocchetti, attacchi notturni... Broérec conosceva il campo di battaglia più dei soldati di Vitré. Sì, proprio un compagno singolare», ribadì Galeran a bassa voce.

Capitolo 2

Quella mattina, sin dall'alba, il cavaliere aveva indossato la cioppa color porpora e la cotta dalle sottili piastre di metallo. Aveva stretto il pesante budriere perché reggesse lo stocco e legato lo scudo alla schiena.

Quando lo staffiere gli aveva consegnato Quolibet tutto ingualdrappato, aveva fissato all'arcione il carniere, la borraccia e la spada che portava sempre con sé.

Dopo aver ricevuto l'abbraccio del padre e stretto teneramente a sé dama Mathilde che a stento tratteneva le lacrime, il giovane era saltato in sella e, senza voltarsi, aveva lasciato il maniero in compagnia di Thustan.

Costui non aveva più aperto bocca dal giorno precedente e Galeran, che l'osservava di sottecchi, pensò che sarebbe stato un ben triste compagno di viaggio.

Dopo aver consultato le tavole geografiche conservate dal padre, un ampio rotolo che raggruppava una decina di pergamene, riproduzione di un'antica carta romana, il cavaliere aveva deciso di seguire una strada che conduceva a Carhaix e di deviare in seguito per Huelgoat.

Lasciata l'antica via, avrebbe dovuto affidarsi a Thustan perché lo guidasse nelle paludi e nelle vaste foreste dei monti d'Arez.

Il territorio nel quale si sarebbero addentrati era uno dei più selvaggi della Bassa Bretagna, con poche strade e ancor meno villaggi. I monti d'Arez e l'Ar Menez Reûn Dû erano famosi per la scontrosità dei loro abitanti. Le foreste erano immense e cupe, e numerose le leggende...

Deciso ad arrivare prima che calasse la notte, Galeran spronò il cavallo e fece segno al suo accompagnatore di seguirlo.

Il sole era già alto nel cielo, quando Galeran ordinò a Thustan di fermarsi per abbeverare i cavalli e mangiare un boccone. Il luogo sembrava favorevole: nei pressi scorreva un torrente e un boschetto nel bel mezzo della landa offriva loro un riparo.

Avevano superato da un pezzo il villaggio di Landivisiau con la sua fiera del bestiame. In lontananza si stagliavano le cime dentellate dei monti d'Arez.

Thustan legò il cavallo a un ceppo, quindi urinò sulla strada romana. Galeran sorrise: come molti conterranei, l'uomo esprimeva così il suo disprezzo per l'antica occupazione dell'Armorica.

Dopo essersi rapidamente guardato attorno, scese anche lui di sella e appoggiò lo scudo ai piedi di un albero. Quando si voltò, Thustan era sparito. Il cavallo brucava immobile l'erba rada intorno al ceppo, ma del compagno di viaggio non vi era traccia.

Galeran aggrottò le sopracciglia. Si sentiva soltanto lo sciabordio dell'acqua sotto il muschio. Pochi alberi contorti ombreggiavano la via deserta: non c'era anima viva. Senza dubbio quell'uomo era scaltro.

Tenendo Quolibet per la briglia, il cavaliere si avvicinò al torrente per riempire la borraccia. Di ritorno, vide Thustan, ai cui piedi giaceva un ciuffo di peli sanguinolento, accendere il fuoco: con la sua ascia, il messaggero di Broérec aveva decapitato un coniglio selvatico.

«Bel colpo», approvò Galeran sguainando il coltello. «Occupati dei cavalli, mentre io preparo il coniglio.»

Senza una parola, Thustan soffiò per un'ultima volta sui

ramoscelli, aggiunse un pezzo di corteccia sul fuoco che prendeva lentamente, si allontanò per spazzolare i cavalli con dei ciuffi d'erba, quindi li condusse al torrente per l'abbeverata. E lì li lasciò. Galeran, seduto su una roccia, lo scrutava. Thustan sostenne per un istante il suo sguardo, poi distolse gli occhi e, indicando un'alta punta rocciosa all'orizzonte, disse piano: « Il Roc'h Trevezel, la Yeûn... »

« La Yeûn? La palude degli Inferi? »

L'uomo scosse la testa con l'aria di chi la sa lunga, poi andò a sedersi non lontano dal cavaliere. Galeran aprì il suo carniere e gli tese un pezzo di pane e una grossa cipolla.

« Tieni, mangia. Parlami un po' di te. Eri a Vitré con il tuo signore? »

Il viso di Thustan s'irrigidì. Fece segno di no con la testa e non aprì più bocca. Aveva posato l'ascia davanti a sé e la fissava, mentre addentava voracemente un pezzo di coniglio.

Certo che non avrebbe cavato al bretone nessuna informazione, Galeran non insistette; entrambi conclusero il pasto in silenzio.

Il cavaliere aveva riletto il messaggio sibillino del signore di Huelgoat e si domandava da quale pericolo potesse essere minacciato un uomo di tal fatta. Appoggiato al tronco di un albero, affilava il coltello tenendo sempre d'occhio il suo compagno di viaggio.

Dopo aver rosicchiato le ossa del coniglio ed essersi nettato con la manica, Thustan si era messo a pulire con l'erba il sangue secco che insozzava ancora la sua lama. A bassa voce aveva intonato un vecchio canto guerriero di cui il cavaliere riconobbe il selvaggio motivo più che le parole.

Sicuramente quel bretone era uomo crudele, uno di quei combattenti che gioiscono alla vista del sangue che cola dalle vene recise del nemico.

Dopo aver infilato il coltello nel fodero, Galeran gli

gridò: « Forza Thustan, è ora di rimettersi in cammino, così presto saremo al castello. Va' a prendere i cavalli ».

Con un colpo di reni, l'uomo si alzò, l'ascia infilata nella cintura, e andò a recuperare gli animali che si erano allontanati.

Il cavaliere aveva intanto disperso le ceneri e le ossa, che ricoprì con cura di terra e di foglie.

Secondo i suoi calcoli, mancavano cinque o sei leghe per arrivare a destinazione.

Carezzata la criniera di Quolibet, Galeran montò in sella. I due uomini ripartirono al galoppo in direzione del Roc'h Trevezel e di Huelgoat.

CAPITOLO 3

DA QUANDO avevano abbandonato la strada romana che portava a Carhaix avevano percorso più di una lega. Thustan aveva fatto segno al cavaliere che era giunto il momento di addentrarsi nella fustaia, e spingendo in avanti il piccolo ma robusto animale aveva superato Galeran senza esitazioni: chiaramente quella era la sua terra. Imboccando un angusto sentiero, i due uomini deviarono in mezzo alle alte felci.

La foresta aveva conservato il suo aspetto selvaggio e tenebroso. I tronchi si allungavano come le colonne di una cattedrale, il sole filtrava a fatica tra i rami di querce nodose, di pini e frassini secolari. Enormi massi, che i cavalieri erano costretti ad aggirare, sbarravano talvolta il passaggio.

Dopo l'intensa luce della landa, Galeran rimase impressionato dalla cupa boscaglia su cui non si era ancora allungata la mano dell'uomo.

Thustan aveva rallentato: il sentiero si era via via ristretto, le calzamaglie e i garretti dei cavalli s'impigliavano nei rovi. Adesso procedevano al trotto, l'uno dietro l'altro, mentre il sole cominciava a tramontare.

Echeggiò un lontano ululato, e i cavalli nitrirono. Seguì un grido gutturale, non dissimile dal primo. Thustan grugnì e spronò il suo destriero, Galeran serrò le dita sull'elsa della spada. Gli animali erano agitati, nervosi, le orecchie dritte.

I due viaggiatori percepirono un rumore di rami spezzati. All'improvviso una specie di gigante, col petto coperto da una pelle di montone, sbucò davanti a loro sbarrando il passaggio.

Galeran notò le fronde ondeggiare: evidentemente non era solo. Ignorando il cavaliere, il gigante si rivolse alla sua guida: «Dove vai, Thustan? Come un cane corri per raggiungere il tuo scellerato padrone?»

La voce era roca, il viso non prometteva niente di buono.

Con un grido selvaggio Thustan portò la mano all'ascia, e si sarebbe gettato sull'avversario se Galeran, che in sella a Quolibet aveva affiancato il compagno di viaggio, non l'avesse trattenuto per una spalla.

«Non muoverti, Thustan, è un ordine!»

Il tono non ammetteva repliche e l'uomo si calmò, mugugnando. Galeran si rivolse al gigante, che nel frattempo non aveva mosso un muscolo, e con voce imperturbabile gli chiese: «Chi sei e cosa vuoi da noi?»

«E voi, messere, che fate nel mio territorio?» replicò l'altro con insolenza.

«Il tuo territorio?»

«Sì, messere. Questo bosco e tutto quanto lo circonda è di mio dominio. E nessuno osi affermare il contrario!»

«Se è così, se ho a che fare con un signore, permettimi di presentarmi. Il mio nome è Galeran de Lesneven. E il tuo?»

Il viso del gigante si contrasse; l'omone si protese in tutta la sua imponenza e proruppe con arroganza: «Per tutti i diavoli, Hoel de Huelgoat, per servirvi, messere».

Thustan s'irrigidì, ma non si mosse.

Più Galeran l'osservava, più si rendeva conto che i lineamenti del viso erano delicati e che l'interlocutore era di giovane età. Quel gigante, nonostante la robusta corporatura, non doveva avere più di diciotto anni.

«Conosco un solo signore di Huelgoat, Broérec», ribatté con enfasi e in tono fermo il cavaliere.

Il volto del giovane s'infiammò; le mascelle serrate, si lasciò sfuggire con astio: «Quello non è né un signore né un uomo, ma un demonio! E se state andando da lui tornate indietro, finché siete ancora in tempo!»

Thustan ringhiava come un cane alla catena.

«Tu non muoverti! Chiaro?» gli impose Galeran con voce decisa. Poi rivolto al gigante: «Anche se lo volessi, non potrei tornare sui miei passi. Ho un debito da onorare, e se tu, come penso, sei un uomo leale, capirai che devo proseguire il mio cammino».

Il giovane esitò, scrutando il cavaliere: «Vi lascerò passare, messere, ma a due condizioni».

«Quali?»

«Che non vi dimentichiate di me quando sarete ospite di Broérec e che, se vi chiederò un incontro, non vi neghiate.»

Dopo aver osservato a lungo il viso quadrato del gigante, Galeran fece un cenno con la testa. «Va bene, Hoel de Huelgoat, non mi scorderò di te e ti concederò d'incontrarmi. Adesso, però, lasciaci passare.»

Ma l'omone era già svanito, inghiottito dal bosco. Furioso, Thustan grugnì: «Io lo ucciderei, quel cane!»

«Allora non hai perso la lingua! Lo conosci?»

L'altro non rispose, e si richiuse nel suo abituale mutismo.

«A ogni modo, se non lo conosci, lui conosce te, e sa bene chi è il tuo signore! Tutto questo mi fa andare il sangue alla testa. Fa' strada e portami da Broérec, prima che perda la pazienza.»

Thustan si lanciò al galoppo. Era meglio obbedire. Il sentiero tornava ad allargarsi, e i due viaggiatori poterono cavalcare l'uno di fianco all'altro. Usciti dal bosco, sbucarono ai piedi di una collina spoglia di vegetazione, disseminata di rocce grigiastre e di rovi.

Thustan indicò l'alta cinta muraria attorniata da un fossato: «Ecco la fortezza di Broérec!»

Un largo ponte levatoio in quercia, le cui travi erano rivestite di lastre di ferro, sbarrava l'accesso alla torre, che il signore di Huelgoat aveva edificato sull'antico *oppidum* romano. Dalla consueta disposizione e rabboccatura delle pietre Galeran riconobbe immediatamente l'opera dei pontonieri romani. L'ubicazione della piazzaforte era ideale, la pendenza notevole e, dall'alto, lo sguardo spaziava tutt'intorno sino a venti leghe.

Capitolo 4

I due cavalieri si avvicinarono al trotto e si arrestarono a una trentina di passi dall'ingresso della fortezza. Thustan staccò il corno che pendeva dall'arcione e suonò a lungo tre volte. E per tre volte risposero dalla cinta.

Le vedette li avevano avvistati da tempo, e dalla torre provenivano ordini e grida: il loro arrivo aveva infatti provocato una certa agitazione.

Nell'attesa Galeran, che aveva lasciato fare al suo accompagnatore, si guardava intorno. Non lontano dall'ingresso, un vecchio scheletrico penzolava da una forca.

I tipici avvertimenti di Broérec... pensò il cavaliere. Tirando le redini, si accostò.

L'esecuzione sembrava recente. I corvi non avevano ancora banchettato. Il viso ormai nero dell'infelice era intatto; la cotta di tela cenciosa e la calzamaglia consunta ne rivelavano la miserabile condizione.

«Fatevi vedere, voi», urlò una guardia sul cammino di ronda.

«Sono io, Thustan. Che aspetti canaglia, furfante, sciagurato che non sei altro, va' a chiamare messer Broérec e aprici in fretta!»

Il soldato non reagì alla sfilza d'insulti, e quasi subito si sentirono cigolare le pesanti catene del ponte levatoio che si abbassava pian piano, lasciando intravedere il cortile del castello.

Mentre i due cavalieri si avviavano al galoppo sulla

passerella di legno, Galeran udì un sibilo familiare: si abbassò d'istinto sull'incollatura di Quolibet.

Il messaggio probabilmente non era per lui, ma per Thustan: una lunga freccia dall'impennaggio bianco si era infatti conficcata, vibrando, non lontano dalla sua testa.

« Presto, presto », gridò l'uomo. « Smettetela, banda di mascalzoni! »

Il ponte levatoio si richiuse, separando i due dal mondo esterno.

« Accoglienza calorosa », commentò Galeran. « Forse un avvertimento di quel bel tipo con cui ci siamo intrattenuti poco fa? Ma contro chi siete in guerra, Thustan? »

« Contro dei bifolchi, amico mio. Contro i "miei" bifolchi », rispose una voce che Galeran riconobbe immediatamente.

Broérec, signore di Huelgoat, gli stava davanti. I capelli biondi sciolti sulle larghe spalle, con indosso una tunica nera e la cotta, portava alla cintura la sua arma prediletta, un'imponente scimitarra saracena dalla temibile lama arcuata.

Tutti quegli anni di guerra non l'avevano cambiato. Una lunga cicatrice, che Galeran non aveva mai visto, gli deturpava la guancia sinistra.

Broérec, che si avvicinava ai trentacinque anni, era di alta statura, un gigante biondo come un danese; soltanto gli occhi neri dallo sguardo spietato ne attestavano l'origine armoricana. Emanava un fascino seducente, che i tratti regolari del viso non bastavano a spiegare. Uomo fatale, uomo d'armi, pensò il cavaliere squadrandolo.

« Ero certo che avresti risposto alla mia chiamata, Galeran. Non appena sono venuto a sapere della tua presenza al castello di Gilduin... »

« Chi te l'ha detto? »

« Non è importante », rispose Broérec con alterigia.

« È importante, invece, che mi spieghi cosa sta succedendo qui », ribatté brusco il cavaliere.

« Vedo che non hai perso la tua scontrosità », osservò il signore di Huelgoat.

Il viso di Galeran rimase impassibile mentre fissava negli occhi il gigante biondo.

« Bene », il tono di Broérec si era fatto tagliente. « Allora vuoi divertirti insieme con me? D'accordo, seguimi, ti racconterò. »

Il cortile era così vasto da poter ospitare numerose capanne di legno e una scuderia. Una ventina di soldati era intenta ai propri compiti. Galeran affidò malvolentieri Quolibet a un ragazzo curioso che lo condusse all'abbeveratoio, un pozzo coperto che si trovava al centro dello spiazzo. Un'imponente palizzata e un secondo fossato proteggevano la fortezza, cui si accedeva tramite passerelle di legno e un altro ponte levatoio. Edificata con legno di quercia, massiccia, e di forma quadrata, la torre si sviluppava su tre piani.

« Ti spiegherò tutto, ma è importante che prima tu conosca bene la casa, addirittura meglio di me. Vieni. »

Galeran scosse la testa e seguì l'ospite nel vasto locale adibito a cucina, a deposito e, in tempo di guerra, persino a scuderia.

Un forno, il cui fumo s'infilava alla bell'e meglio in una stretta feritoia, serviva alla preparazione dei pasti. Pezzi di selvaggina, brulicanti di mosche, pendevano dalle travi annerite. Balle di fieno e fascine erano accatastate in un angolo; a lato, una botola consentiva d'accedere alla cantina. Broérec scostò le assi e Galeran udì una specie di regolare sfregamento provenire dal sotterraneo.

« Scendi giù, devi vedere tutto. Questo spazio ci serve da cantina e da magazzino », spiegò Broérec calando una scala attraverso l'apertura.

Il cavaliere scivolò con agilità lungo i pioli di legno. La cantina era profonda, e molto più ampia del locale al piano sovrastante.

Vi erano allineati giare di grano, botti e salatoi in grès.

Una fiaccola appesa al muro diffondeva una luce fumosa. In fondo, una grande macina girava adagio, spinta da un uomo brutalmente incatenato all'asse del macchinario.

«E questa cos'è?»

«Una macina per il grano, amico mio», rispose il gigante sorridendo.

«Non sei cambiato, vero Broérec? Cosa ha fatto quest'uomo per essere trattato così?»

«Diciamo che mi ha tradito, ecco.»

«Come il vecchio impiccato fuori delle mura?»

«No, quello mi ha derubato», precisò Broérec.

«E cosa ti ha rubato di tanto prezioso per essere privato della vita?»

«Del buon pane», disse il signore di Huelgoat con freddezza. «Ti basta come giustificazione?»

«Capisco», rispose Galeran. «Ma continuiamo la visita, sempre che tu sia d'accordo. L'aria della tua cantina non è per niente salutare.»

Lasciato il locale, i due uomini si arrampicarono per un'altra scala fino al primo piano della torre.

«Come puoi notare, io dimoro qui. Ci sono due camere a questo piano. Ho pensato che non avresti gradito condividere il mio letto, quindi ho fatto mettere una branda nell'altra stanza qui a fianco.»

Un bugigattolo, in realtà, illuminato da una feritoia. Su uno sgabello accanto alla branda erano posati un acquamanile già colmo, una consunta salvietta di lino e una ciotola.

«Hai pensato bene», approvò il cavaliere osservando attentamente quel minuscolo buco. «La branda sarà perfetta.»

Il mobilio della stanza grande era austero: un ampio letto chiuso da pannelli scorrevoli, un lungo tavolo circondato da sgabelli, una cassapanca intagliata dove riporre i panni e due robuste panche. Paramenti di lana rossa ricoprivano le pareti per attutire i rumori, ma di certo non proteggevano l'ambiente dagli spifferi.

Era settembre, ma il locale era già gelido. Il cavaliere si chiese come sarebbero stati i «mesi neri», i terribili mesi invernali, in quella torre isolata e squassata dai venti. Non c'era nemmeno un camino che potesse dare calore e conforto, soltanto un grande caldano montato su rotelle occupava il centro della stanza. Galeran stese le mani sopra le rosse braci che ardevano lentamente, riscaldando le articolazioni intorpidite dalla lunga cavalcata.

Da una feritoia filtrava una lama di luce. Alcune fiaccole, che sarebbero state accese al calar del giorno, erano conficcate in coni di ferro inchiodati ai muri. Gonfaloni pendenti dalle travi del soffitto e una panoplia di armi, lance e spade, che ricopriva interamente una parete, erano le uniche decorazioni della sala.

Galeran si avvicinò ed esaminò con occhio da intenditore il filo delle lame e le else rivestite di cuoio.

«Proseguiamo la visita. Seguimi», disse Broérec.

Un'altra scala conduceva al secondo piano della torre.

«Qui ci sono tre stanze, due per i miei figli, che non vanno molto d'accordo, mentre nella terza dormono i soldati», affermò Broérec indicando delle lettiere sistemate direttamente sul pavimento. «Gli uomini si danno il cambio; siamo una trentina in tutto, alcuni si coricano nelle capanne in cortile o nelle stalle, gli altri montano la guardia.»

«Così hai dei figli?»

«Sì, due: Drogon e Jestin. Li vedrai, sono andati a caccia con qualche altro compagno di battuta. La notte sta calando, tra poco saranno di ritorno. Ecco l'ultima scala, va' su.»

Galeran ubbidì e si ritrovò all'ultimo piano dell'edificio. Uno stendardo color sabbia sventolava su un'asta di legno.

Due soldati balzarono in piedi vedendoli arrivare. Broérec li fulminò con lo sguardo.

Una merlatura incorniciava l'ultimo piano della torre. Un riparo di assi e pelli d'animali proteggeva le vedette dal vento e dalle intemperie così frequenti in quelle terre.

Galeran si avvicinò alle feritoie, poi si sporse.

Il sole sfiorava l'orizzonte, illuminando con i suoi riflessi rossastri le cime dei monti d'Arez. La torre sembrava ondeggiare come un drakar sul verde oceano di Huelgoat, il « bosco alto » che cingeva la collina, sovrastando il paesaggio: con un cielo terso si sarebbe potuto avvistare la Montagna Nera, l'Ar Menez Reûn Dû. A qualche lega di distanza si scorgeva tra gli alberi una sottile colonna di fumo.

« Hai dei vicini? » domandò il cavaliere stupito.

« Certo, la gente non ama avventurarsi in quella zona. Se ti ci perdi ti ritrovano la mattina dopo con il collo spezzato o la gola squarciata... l'anima volata via. I nostri vecchi raccontano che Ankou ha il suo regno tra quelle rocce ed è meglio non disturbarlo. Dicono che il Dio della Morte non vuole essere sorvegliato! In realtà, è un luogo infestato dai lupi. E ci devono essere anche dei bracconieri, che sorprenderemo quando faranno ritorno sul sentiero o sulla strada per Carhaix. Piuttosto, guarda di là: riesci a vedere quel luccichio? »

« Sì, è un lago? »

« No, non è un lago, è la palude di Yeûn con le sue torbiere! Un luogo interessante, te ne renderai conto tu stesso », affermò Broérec con un tono di voce talmente strano che il cavaliere voltò di scatto la testa a guardarlo. Una luce misteriosa brillava nei suoi occhi.

« Bene », disse Galeran posandogli una mano sulla spalla, « adesso che la visita è finita, possiamo parlare del motivo per cui mi hai fatto chiamare? »

« Vieni, scendiamo nella mia stanza. »

Capitolo 5

Broérec si allontanò per prendere una brocca d'idromele e due bicchieri e servì a Galeran una dose abbondante prima di sedersi accanto a lui su una lunga panca di quercia un po' sbilenca.

Immerso nei suoi pensieri, una ruga preoccupata a solcarne la fronte, il padrone di casa vuotò lentamente il bicchiere fissando l'ospite.

Galeran non distolse lo sguardo, gustando fino all'ultima goccia quella bevanda che sapeva di miele selvatico.

I due si studiarono a lungo: ma il signore di Huelgoat non si decideva a parlare.

« Ti ricordi dei nostri combattimenti, Galeran? »

« Sì, come potrei dimenticarli? »

« Ciò che tu hai sperimentato in un anno, io l'ho vissuto per due lustri. Dieci anni di battaglie accanite e decine di cavalieri uccisi per mano di un duca che non merita questo titolo, che non vale niente! »

Broérec era impallidito: un bagliore selvaggio brillava nei suoi occhi, un lieve sudore gl'imperlava la radice dei capelli.

« So già tutto », disse con calma Galeran. « Come ne sei uscito? »

« Il visconte di Poher, Tanguy, ha pagato il riscatto e i miei figli si sono indebitati. Altrimenti sarei rimasto a marcire nelle segrete di Vitré, come alcuni miei compagni che sono ancora rinchiusi là dentro! »

«Capisco il tuo rancore, Broérec, ma non è certamente questo il motivo della mia presenza. Di cosa si tratta? In che posso servirti?»

«Seguimi. Poiché vuoi conoscere la ragione, te la mostrerò.»

Il signore di Huelgoat si avvicinò al letto. «Non hai notato nulla entrando in questa stanza o hai dimenticato i nostri antichi costumi, Galeran?»

Il cavaliere si accorse allora che una candela di resina si stava consumando sul tavolo, un'altra bruciava vicino al caldano e una terza ardeva accanto al letto: le tre candele della morte.

Quando Broérec spinse i pannelli di legno, Galeran sapeva che si sarebbe trovato di fronte a un cadavere, ma mai avrebbe pensato di vedere quello di una bambina.

«Guarda, avvicinati, ecco la ragione. O meglio, una delle tante che mi tormentano. Voglio che tu trovi il responsabile di questo omicidio.»

Il corpo della piccina era avvolto in un drappo funebre; soltanto il viso livido spuntava dal lenzuolo. Doveva avere al massimo una decina d'anni.

«Alcuni contadini l'hanno trovata nel bosco questo pomeriggio e l'hanno condotta fin qui chiedendomi che sia fatta giustizia. È il settimo cadavere, tutti bambini, in pochi mesi...»

Dopo un silenzio opprimente, Broérec riprese: «Mi sembra inutile dirti che non sono molto amato nel mio feudo; ma questa situazione ha peggiorato le cose. I contadini stanno per ribellarsi, alcuni mi ritengono incapace di proteggere loro e i famigliari dall'assassino, non rispettano la mia autorità, non mi temono più. Altri, invece, pensano che sia io il responsabile di queste morti. Come hai potuto notare, siamo quasi in stato di assedio. Io non sono certo un uomo indulgente, e lo sai bene; mai però potrei uccidere a sangue freddo creature innocenti!»

Per la prima volta dal suo arrivo al castello, Galeran si

lasciò sfuggire un sorriso. «Oh certo, Broérec, immagino quanto tu sappia farti benvolere... Ciononostante, non ti ci vedo proprio a uccidere una bambina. Cosa ti aspetti esattamente da me?»

«Che dimostri la mia innocenza, Galeran. Come sai, sono al corrente, come d'altronde chiunque in ogni angolo della Bretagna, delle tue eccezionali imprese alla corte di Luigi VII; si dice anche che la regina Eleonora abbia un debole per te...»

Galeran alzò le spalle.

«Lo so, lo so, sei sulla bocca di tutti. Anche il visconte Tanguy, che non è certamente un uomo di corte, ha sentito parlare di te. E per quanto mi riguarda, non ho dimenticato quella oscura faccenda del tradimento a Vitré. Sei stato tu a scoprire il colpevole. Voglio che mi aiuti, Galeran; e non puoi dirmi di no», aggiunse Broérec con un tono che non ammetteva repliche.

«Penso che non sia gentile ricordarmelo. Conosco bene il significato della parola "onore". Ascoltami, Broérec. Accetto di aiutarti, ma sappi che se scopro che hai ucciso tu quelle creature innocenti... non avrò pace finché non ti avrò trafitto con la mia spada.»

I due rimasero un istante in silenzio.

«E sia», disse infine Broérec accarezzandosi inconsciamente la cicatrice che gli deturpava la guancia. «Pensi di farmi paura?»

«No. E adesso dimmi di cosa è morta la bambina. E le altre piccole vittime?»

«Sembra assurdo, ma nessuno lo sa.»

«Spiegati meglio.»

«Non presentano ferite mortali, l'ho verificato con i miei stessi occhi.»

Il cavaliere aggrottò le sopracciglia.

«Posso esaminare il corpo della poverina? Chiudi la botola e accendi una torcia. Non si vede niente, qui dentro!»

Broérec prese una torcia e l'immerse nel caldano prima

di fissarla al muro, non lontano dal letto. Nel frattempo Galeran si era chinato sul cadavere e aveva delicatamente scostato il drappo che avvolgeva il piccolo ed esile corpo, il camiciotto e la consunta calzamaglia.

« La conosci, Broérec? »

« No. Comunque sembra che sia di Lannédern. »

« Lannédern? Ma se dista almeno tre leghe da Huelgoat! »

« Come fai a saperlo? Ma certo, hai studiato le tavole geografiche prima di venire qui! Previdente come al solito... »

« Cosa ci faceva questa ragazzina, così lontano da casa? » domandò il cavaliere, ignorando il tono sarcastico di Broérec. « Accendi un'altra torcia, non ci si vede ancora abbastanza. »

« Non ho idea del motivo per cui si trovava nei miei boschi, e a essere sincero non m'importa. Solo, avrei preferito che fosse morta da qualche altra parte. »

Al lume della torcia tenuta da Broérec, Galeran esaminò il cadaverino scheletrico. Il corpo si era irrigidito da un pezzo, le braccia e le gambe erano rattrappite.

« Devo spogliarla. Dammi il tuo pugnale, occorre lacerare i vestiti. »

A causa della postura raggomitolata a Galeran costò fatica tagliare le vesti completamente imbrattate, quasi che la bambina vi avesse rigurgitato sopra. Piaghe blu le segnavano caviglie e polsi, le mani minute erano sporche di terra, le unghie spezzate, le ginocchia presentavano spesse callosità.

Il cavaliere proseguì nell'accurato esame, indugiando sugli occhi arrovesciati della vittima.

« Hai un cucchiaio? Anzi, ripassami il pugnale. »

Broérec gli tese l'arma, la cui lama era sufficientemente sottile da permettere a Galeran di infilarla tra i denti già leggermente discosti e di aprire la bocca distorta in una smorfia inquietante. Non avendo notato nulla di particolare in gola, sollevò le labbra e osservò con cura i denti. Una striscia blu scura colorava il bordo delle gengive.

Galeran aggrottò la fronte, quindi prese la bambina per le spalle e la girò con delicatezza. La schiena era segnata da numerose piaghe.

« Diavolo, l'assassino non ha certo avuto la mano leggera », esclamò Broérec che si era chinato al di sopra del cavaliere. « Pensi che possa essere questa la causa della morte? »

Galeran scosse la testa e si rialzò, pensieroso. Chiuse gli occhi della bambina, fece il segno della croce sulle palpebre, quindi riavvolse il corpicino nel drappo funebre che legò all'altezza della testa e dei piedi. « Bisogna inumarla rapidamente », disse con voce stanca. « Se è di Lannédern, dovremo riportarla al villaggio domani. » Il cavaliere rifletté qualche istante. « Devo vedere la famiglia. Chi l'ha portata qui ti ha detto chi sono i suoi genitori? »

« Sì, un contadino mi ha riferito che è la figlia minore di due locandieri. »

« Bene, domani gliela riporteremo perché sia doverosamente seppellita in terra consacrata. »

Broérec protestò. « Tu non ti rendi conto che se vado laggiù con il corpo di questa piccolina rischio di essere fatto a pezzi! »

« E tu », replicò il cavaliere, « non ti rendi conto che, se non ci vai, perdi ogni opportunità di chiarire questo mistero. Non è rintanandoti qui come un sorcio o mettendo i tuoi possedimenti a ferro e fuoco che dimostrerai la tua innocenza! »

Broérec era diventato livido per la rabbia: « Io non mi sono mai nascosto, qui! E giuro che se un altro al tuo posto avesse osato parlarmi così... »

« Riserva le tue minacce per i pavidi, Broérec, e reagisci! Se vuoi che ti sia d'aiuto, bisogna assolutamente svelare la trama di questo mistero. »

Broérec imprecò tra i denti, poi acconsentì: « E va bene,

andremo a Lannédern, ma non permetterti mai più un simile linguaggio con me».

Quindi si avvicinò alla feritoia: echeggiavano il suono di un corno e un latrato incessante. La tromba della vedetta rispose subito al segnale. I soldati si aggiravano indaffarati nel cortile. «Ecco i miei figli di ritorno dalla caccia: avremo cinghiale o cervo per i prossimi pasti. Vieni, Galeran, andiamo loro incontro. Come vedi non sono poi così permaloso; ti prometto ben presto una caccia come non ne hai mai fatte. La nostra foresta vale tutte quelle del regno franco: da nessun'altra parte si trova tanta selvaggina!»

Aveva parlato con tale foga che Galeran non poté fare a meno di ricordare la sfrenata passione di Broérec per l'arte venatoria. Nonostante la guerra con Vitré e i suoi doveri di comandante, era capace di sparire per giorni all'inseguimento di una preda.

«Vado a dire ai miei uomini di trasportare in cantina la piccola morta per la notte... Sarà al fresco e qualcuno la veglierà fino all'alba.»

Galeran non rispose e seguì Broérec giù per la scala che conduceva ai piedi della torre.

CAPITOLO 6

ERANO GIÀ CALATE le tenebre. Le torce illuminavano il cortile dove una gran confusione regnava attorno ai cavalli che nitrivano e scalciavano.

Due enormi mastini neri, il pelo dritto e bagnato di sudore, si avvicinarono ringhiando al cavaliere. Con i canini ben in vista e gocciolando bava, avanzavano lentamente, pronti all'attacco.

In un attimo, Galeran ricordò di aver sentito dire che i cani da battaglia, dopo aver squarciato le gole ai cavalli, si scagliano contro i cavalieri. Estrasse il pugnale e attese.

Risuonò un breve fischio, e un giovanotto ben piantato si avvicinò con una fiaccola in mano. I mastini tornarono indietro e si accucciarono guaendo ai piedi del padrone.

Questi li punzecchiò con lo stivale, quindi, senza prestare attenzione all'ospite, s'inchinò al cospetto del signore di Huelgoat. « Vi saluto, padre. Perdonatemi, ma sono stato trattenuto più a lungo di quanto volessi da un vecchio cinghiale. »

Benché non avesse la bellezza del padre, il giovane ne aveva la corporatura. I lunghi capelli scarmigliati e la barba fradicia di sudore testimoniavano la travolgente cavalcata. La tunica era macchiata, un ramoscello di quercia si era impigliato alla cintura.

« Allora l'hai preso? » domandò Broérec vedendo il ramoscello penzolare imbrattato di sangue.

Il figlio rispose con un sorriso ferino; gli occhi socchiusi scintillarono. « Sì padre, guardate. »

A un suo cenno, due soldati deposero davanti a Broérec un enorme cinghiale nero attaccato a un'asta per le zampe. L'animale, dal garrese poderoso, era martoriato di ferite. La gola era stata probabilmente squarciata dai mastini e un ramo di quercia era conficcato tra le mascelle stillanti sangue.

Broérec fissò l'animale, poi batté una mano sulla spalla del giovane. « Bel colpo, Drogon, figlio mio. Non dev'essere stato facile abbatterlo! »

Quindi, rivolto ai soldati, ordinò: « Forza voialtri, portate questa carcassa alle cucine e che la si metta a frollare lontano dalle fauci di questi maledetti cani! »

Inchinatisi davanti a Drogon e Broérec, i due uomini, che avevano l'aria sfinita, sollevarono l'asta e s'incamminarono lentamente verso la torre.

« Vieni, figlio, ti presento Galeran de Lesneven, un vecchio compagno d'armi di cui ti ho già parlato. Ci siamo conosciuti a Vitré dieci anni fa. Drogon, il mio primogenito. »

I due, poco inclini ai saluti cerimoniosi, si scambiarono un rapido cenno del capo.

« Ma dov'è tuo fratello? »

« Lo sai com'è fatto. È sparito all'inizio della battuta di caccia. Thustan mi ha detto che è appena rientrato. È alle stalle, si sta occupando dei cavalli. »

« No, fratello, sono qui. »

La voce era dolce, ma un po' troppo acuta: il giovane che si stava avvicinando non assomigliava affatto a Drogon.

Poteva avere quattordici anni al massimo ed era ancora imberbe; un'impercettibile peluria gli accarezzava le labbra sottili. Di bassa statura, i capelli neri tagliati corti, il cadetto di Broérec era tanto magro quanto il fratello era ben piazzato. Indossava una semplice cotta di grezzo drappo bianco e una calzamaglia scura; sulla spalla portava un grande arco.

Salutò rapidamente il padre e s'inchinò davanti al cavaliere con un'aria vagamente canzonatoria: «Buongiorno, messere. Sono Jestin de Huelgoat. Thustan mi ha riferito che avete parlato con Hoel nella foresta, prima di venire qui...»

«Cosa? E non mi hai detto nulla!» esclamò Broérec.

«Non sapevo che fosse così importante», ribatté Galeran. «E poi non abbiamo avuto molto tempo per le chiacchiere da quando sono arrivato. Tuttavia ammetto di essere rimasto impressionato dalla disinvoltura di quel giovanotto, e desideravo parlartene: pretende di essere il signore di Huelgoat!»

Discorrendo i quattro si erano diretti alla torre, e mentre salivano per raggiungere la sala al primo piano incrociarono due valletti che stavano portando il cadavere della povera piccola in cantina.

«Chi è morto, padre?» chiese Drogon, stupito.

«Un altro bambino», rispose laconico Broérec.

Jestin si scostò per lasciar passare gli uomini, e un'espressione smarrita gli si dipinse in volto.

«Lo conosciamo?» domandò a bassa voce.

«No, a meno che tu non frequenti la taverna di Lannédern.»

«È la figlioletta dei locandieri?» incalzò lui.

«La conoscete?» domandò prontamente Galeran.

«Eh sì. Vado spesso a Lannédern per pregare e ho avuto modo di incontrare la bambina. Anche Drogon, d'altronde ronza attorno alla sorella, sembra proprio che gli vada a genio.»

«Taci, imbecille. Non ho niente a che fare con quella sgualdrina. È sporca, e brutta. E poi che ne sai di queste cose, tu che sei ancora innocente?» esclamò Drogon scoppiando in una fragorosa risata.

Jestin impallidì, e pose mano alla daga.

«Un giorno ti bucherò la gola...»

«Adesso basta, voi due!» ingiunse il padre. «Drogon, accendi le torce e occupati dei turni di guardia. Mandami il vecchio Cléophas, che prepari la tavola e porti da bere! A forza di parlare, mi è venuta la gola secca.»

Galeran osservava pensieroso i due fratelli, notando quanto fossero diametralmente opposti i loro caratteri: l'uno era affabile e docile, l'altro scontroso e aggressivo. Ma, in realtà, quel lampo che aveva visto brillare negli occhi di Jestin indusse il cavaliere a chiedersi chi dei due potesse rappresentare un vero pericolo.

Nel frattempo Drogon, che continuava a brontolare, aveva acceso una torcia ed era salito ai piani superiori della torre per impartire ordini alle vedette.

Broérec rimuginava ancora sul giovane Hoel, camminando su e giù per la stanza, irritato.

«Quel villano bastardo! E tutto perché ho ingravidato sua madre... Quel giorno mia moglie, già incinta, mi aveva respinto!»

Inspirò a lungo, quindi continuò: «Avrebbe dovuto ringraziarmi, quella sguattera, invece di andare in giro a dire che avevo abusato di lei! E poi, in fin dei conti, non sono così cattivo: all'epoca ero disposto a prenderla come domestica al castello. Lei, invece, si è rifiutata e i suoi l'hanno cacciata nella foresta quando è nato Hoel. Viveva come una selvaggia in una grotta non lontano da qui. Il figlio cresceva, e quella cagna che non aveva mai smesso di serbarmi rancore si è impiccata che lui aveva dodici anni. Non sei obbligato a credermi, ma il ragazzino ha trascinato il cadavere sin qui, accusandomi di averla uccisa! Ha giurato vendetta sul corpo di quella puttana e da quel momento ha cominciato a tormentarci. All'inizio, certo, era troppo giovane per infastidirci realmente. Ma più cresceva, e più diventava in gamba, quel tipo: un eccellente arciere. Comunque un giorno o l'altro lo prenderemo, io o Drogon, e allora...»

Il sorriso di Broérec la diceva lunga sulle sue intenzioni.

« Capisco », interloquì Galeran, mentre scrutava il volto di Jestin che si era adombrato durante quel monologo.

Evidentemente non condivideva l'odio del padre e del fratello per Hoel. Se ne stava zitto, le mani affusolate posate sulle ginocchia.

Broérec fissava il caldano, in silenzio. All'improvviso il cavaliere gli domandò: « E tua moglie? Hai preferito allontanarla a causa delle noie con i tuoi contadini? Me ne parlavi così tanto ai tempi di Vitré ».

« È morta da tempo », sussurrò il gigante biondo.

Forse per la prima volta da quando lo conosceva, Galeran percepì un reale dolore nella voce del suo vecchio compagno d'armi.

Gli tornarono alla mente gli elogi appassionati sulla bellezza della donna. Quanti cavalieri aveva fatto sognare decantando le grazie, anche le più intime, di quella valchiria germanica!

Imponente come una dea, bionda come il grano... così diafana da superare al confronto il pallore della luna. L'aveva sedotto a tal punto che il signore di Huelgoat si sarebbe dannato l'anima per i suoi occhi verdi.

L'aveva amata con una passione talmente impetuosa che più di una volta aveva lasciato Vitré, rischiando l'accusa di tradimento, pur di raggiungerla al castello dove la sposa lo accoglieva nel suo giaciglio.

« Perdonami », disse Galeran, « non lo sapevo. »

« Non ti preoccupare », replicò brusco Broérec. « Mi ha dato due bei figli pieni di salute, e Jestin le assomiglia molto... Certamente per questa ragione lo preferisco al fratello, sebbene non abbia lo stesso ardore. I suoi occhi sono identici a quelli di lei... »

Il ragazzo fremeva sul suo sgabello, poi di colpo si alzò. « Posso congedarmi, padre? Devo parlare al fabbro. Ho spezzato la punta di una freccia questa mattina e probabilmente avrà già riparato la vostra ascia. »

«Va' pure, figliolo.»

«Se non ti dispiace, Broérec, accompagnerei Jestin. Ho bisogno di sgranchirmi le gambe e di riflettere.»

Broérec non ebbe nulla da obiettare, e i due uscirono lasciandolo immobile, i pugni serrati e le palpebre chiuse, immerso in foschi pensieri da cui forse affiorava il pallido volto della dama perduta.

Giunti nel cortile, poiché Jestin rimaneva in silenzio, il cavaliere decise di rompere il ghiaccio. «Cosa pensate di tutti questi accadimenti?»

Il giovane girò la testa verso Galeran e, con voce rotta dall'emozione, rispose: «Non mi piace affatto quanto sta succedendo, messere. È un bene che siate venuto qui ad aiutare mio padre. Ci sono stati fin troppi morti».

«Se non vi dispiace, vorrei che mi chiariste un po' la situazione. Vostro padre mi ha riferito che sono già stati trovati cinque o sei cadaveri di bambini. Li avete visti?»

«Sì, qualcuno. Ma ciò che mio padre non vi ha detto, e forse nemmeno sa, è che oltre ai morti ci sono state numerose sparizioni nella zona.»

«Sparizioni?»

«Una ventina di bambini, più o meno della stessa età... svaniti come il fumo. Me l'ha detto un monaco di Braspartz. Quindi non accade soltanto qui a Huelgoat...»

La voce di Jestin per l'emozione si era fatta sempre più acuta. Rendendosene conto, improvvisamente tacque.

Galeran posò una mano sulla spalla del giovane, che ora tremava. «Troveremo la soluzione, Jestin. Ma ho bisogno di un alleato. Vi piacerebbe aiutarmi?»

Il giovane scosse la testa e, dopo un lungo silenzio, disse bruscamente: «Diffidate di Drogon, cavaliere. È pericoloso».

Dopo queste parole enigmatiche sparì di colpo, lasciandolo solo.

Galeran, perplesso, si guardò attorno, quindi s'incamminò verso le scuderie.

Le stalle erano deserte e le greppie quasi sguarnite. Un fragoroso nitrito accolse il suo arrivo: Quolibet aveva riconosciuto il padrone, che afferrò una forca e depose un bel po' di fieno davanti al destriero.

«Ecco, amico mio. Sei ancora bianco di sudore», disse passandogli la mano sull'incollatura. «Adesso ti striglio a dovere. Si direbbe che la "locanda" non sia troppo accogliente né per te né per me!»

Uno scricchiolio lo fece voltare di colpo, ma non vide nessuno nella penombra della scuderia, soltanto gli occhi dei cavalli che brillavano riflettendo la fiamma della sua torcia.

Imperturbabile, Galeran finì di strofinare il mantello del suo destriero.

Riecheggiò un rumoroso scalpiccio e i battenti della porta si spalancarono con forza.

«Mio padre mi ha mandato a cercarvi, messere. Il pranzo ci attende!»

L'invito voleva essere cortese, ma non ci si poteva certo aspettare da Drogon un atteggiamento garbato. Il primogenito era ancora in collera: non aveva dimenticato la disputa col fratello.

«Vi ringrazio, Drogon», rispose il cavaliere. «Dite a vostro padre che lo raggiungo immediatamente.»

Capitolo 7

Torba e ramaglie erano state aggiunte al caldano. Gli esili ramoscelli prendevano fuoco scoppiettando scintille. Scodelle e grandi nappi erano stati apparecchiati sul lungo tavolo di quercia. Tutte le torce erano accese e fugavano dalla sala anche la più piccola ombra.

Broérec, che aveva già preso posto, fece cenno a Galeran di accomodarsi sullo sgabello di fronte.

Ve n'erano una decina disposti intorno al tavolo, e tutti erano vuoti. Il cavaliere avvertì subito in quale solitudine si fosse rinchiuso il suo vecchio compagno d'armi.

Gli si sedette di fronte, mentre Drogon si lasciava cadere pesantemente sullo sgabello alla sua destra. Quanto a Jestin, scivolò silenziosamente in un angolo del tavolo dove rimase immobile, come fosse lontano mille leghe, immerso nei suoi pensieri.

«Pace a te, Galeran, vieni a rifocillarti», disse Broérec versando nei nappi un denso liquido giallo, simile a una malsana urina.

«È per uomini veri!» aggiunse scolando in un sorso la sua coppa.

«Non bevi vino?»

«No, ma se ne desideri lo faccio spillare. Nel frattempo, assaggia questo!»

«Che cos'è? Birra?»

«No, è la bevanda degli uccelli notturni! Un'acquavite

che il vecchio cuoco distilla da mele acerbe. Suvvia, bevi... C'è dentro anche dell'assenzio, è meglio... »

« Assenzio! »

« E con ciò? »

« Be', è un'erba che ti ruba l'anima... Ma l'assaggerò! »

Il cavaliere bevve un sorso, lo trattenne un istante in bocca, poi lo buttò giù tutto d'un fiato tanto il bruciore sulla lingua era insopportabile. « Allora, io non sono un uomo! » esclamò con gli occhi lucidi.

Broérec si contorceva dalle risate; afferrò il nappo di Galeran e lo svuotò in men che non si dica. « Ah, amico mio, non sapevo più cosa significasse ridere! To', ecco il tuo vino; viene dalle colline della Loira. »

Galeran prese la coppa dalle mani di un vecchio servitore che gli disse di chiamarsi Cléophas. Il vino era fresco, un po' acre, ma delizioso.

Il vecchio servì in tavola con l'aiuto di un ragazzo sudicio di nome Titik. I piatti traboccavano di selvaggina arrosto grondante grasso rancido, accompagnata da una specie di brodaglia mal cotta nella quale ciascuno intingeva i pezzi di carne.

Drogon spolpava con foga un cosciotto di capriolo, e il grasso e il sangue nero gli colavano lungo la barba sino alla tunica. Jestin, dopo aver preso una *galette* di grano saraceno e delle cipolle, mangiò con calma, senza fare rumore. Cléophas gli aveva messo davanti una piccola brocca piena d'acqua.

Durante il pranzo Galeran si rese conto che Broérec mangiava poco, ma alzava un po' troppo il gomito. Quanto a lui, quei piatti maleodoranti gli avevano chiuso lo stomaco.

L'ospite, che se n'era accorto, brontolò: « Bisogna ammettere che il vecchio Cléophas in cucina non è all'altezza della moglie... ma quella non la vedrai mai al castello. Vive nei pressi del borgo. Qui non incontrerai mai una rappresentante di questa malefica genia, donne maliziose, come si dice, figlie di Eva che portano soltanto sventure. Una vita senza donne, amico mio, è il vero paradiso! »

« In fede mia », fece Galeran, « sei proprio cambiato! »

« Andiamo! Pensi davvero che sia una grossa perdita la mancanza di femmine? Che cosa ci si guadagna? Conosco mille esempi d'amicizia tra uomini; puoi invece citarmi il caso di due donne intimamente amiche? »

« Su questo ti do ragione », rispose il cavaliere ridendo. « Le nostre dame sono spesso vanitose. Non desiderano tanto essere amate quanto essere preferite alle altre! Non vogliono essere belle, ma le più belle! Quindi anche noi siamo simili a loro, poiché non vogliamo soltanto essere forti, ma i più forti. Ciascuno vuole eccellere con le armi che più gli sono consone. Non è una buona ragione per disprezzare il gentil sesso, e questo vale soprattutto per te che hai amato con tanta passione tua moglie! »

Broérec rimase un istante assorto nei suoi pensieri, poi all'improvviso proruppe: « Fino a poco tempo fa avrei ammazzato chiunque avesse osato pronunciare il suo nome, ma adesso voglio prestare ascolto a ogni tua parola! È vero, lei era unica, era l'incarnazione della donna, al punto che, dopo la sua morte, non ho più voluto legarmi a nessuna. Ho amato soltanto lei ».

Si era alzato e camminava su e giù per la grande sala. Quindi si fermò davanti a Galeran. « Giuro che se avessi avuto una figlia, non avrei potuto rispondere della sua vita! »

Il cavaliere fissava il signore di Huelgoat, ma non lo ascoltava più. Aveva capito che il suo discorso era a doppio senso: di cosa parlava? D'amore? O di un odio implacabile che avrebbe riversato su tutto il genere femminile?

« Be', lasciamo perdere », tagliò corto Broérec. « Adesso puoi dirmi qual è la causa della morte della bambina? No? Non ci sei arrivato nemmeno tu, con tutta la tua rinomata perspicacia? »

Galeran alzò il viso e, squadrando l'ospite con i suoi occhi blu, gli sorrise.

«Allora? Rispondimi», insistette il gigante biondo.

«No, Broérec, in effetti hai ragione. Non so un granché; ci sono vicino, tuttavia...»

«Tuttavia, cosa?» esclamò l'altro con impazienza.

«Mi sono fatto un'idea sulla causa del decesso di quella poveretta. Vuoi dire ai domestici di lasciarci soli?»

Broérec aggrottò le sopracciglia e fece un cenno a Cléophas e Titik. Quindi, dopo aver chiuso la botola con un calcio, sedette nuovamente di fronte al cavaliere.

«Bene, adesso che siamo tra di noi, parla.»

«La bambina è stata tenuta prigioniera e sono pronto a scommettere che è scomparsa da Lannédern da molto, molto tempo. Ai polsi e alle caviglie presenta ematomi provocati da lacci. Il suo carceriere l'ha percossa, come tu stesso hai potuto constatare, ma non è questa la causa della morte...»

Galeran fece una pausa, lo sguardo penetrante fisso sugli ospiti. Nessuno fiatava, i tre uomini pendevano dalle sue labbra.

«Hanno fatto lavorare duramente la bambina e certo non alla locanda; le mani erano graffiate e sporche di terra, le unghie spezzate, e lo stato delle ginocchia ha attirato la mia attenzione. Si direbbe che la piccola per molto tempo si sia spostata solamente carponi, e questo è perlomeno singolare. Infine penso, e credo di non sbagliarmi, che sia stata avvelenata, il che spiegherebbe le macchie di vomito e altri segni ancora...»

La bocca spalancata, Broérec aveva appoggiato con forza il suo pezzo di carne sul tavolo. Anche Drogon non masticava più, gli occhi sgranati. Quanto a Jestin, aveva alzato la testa e fissava con sguardo spento il cavaliere. Un lungo silenzio piombò nella sala. Pulendosi le mani sulla tunica, Broérec si alzò e riprese a camminare su e giù come un animale in gabbia, bofonchiando parole incomprensibili.

Galeran lo seguiva con lo sguardo, un mezzo sorriso sulle labbra.

« Ah, mi avevi imbrogliato un'altra volta », grugnì Broérec. « Sei sempre stato furbo e adesso, forse, ancor di più di quando ti ho conosciuto. Ma è una gran qualità, e tornerà a mio e a tuo vantaggio: scopriremo l'omicida, e te ne sarò grato. »

« Non voglio niente », replicò Galeran, « se non liberarmi del debito che ho nei tuoi confronti. »

« E così sarà, te lo giuro davanti ai miei figli. E... adesso lasciateci, ragazzi, ho bisogno di restare solo con il mio amico », disse Broérec rivolgendosi a Drogon e Jestin, che uscirono dalla stanza dopo un rapido saluto.

« Bene, ascolta; dal momento che dovremo stare insieme per un po', parliamoci francamente. So che tu non mi apprezzi molto dopo la storia di quella ragazza violentata a Vitré. »

Galeran serrò le mascelle, il volto improvvisamente sbiancato. Tuttavia rimase in silenzio.

« Non voglio dovermi aspettare un colpo basso da parte tua », esclamò il gigante. « Sei un uomo d'onore, ma conosco bene la tua impulsività. Lascia che ti spieghi cos'è veramente accaduto... »

« Non c'è niente da spiegare », lo interruppe brusco Galeran. « E poi sono passati dieci anni. È vero che non provo una gran simpatia per te, ma non ha importanza. Tu mi hai salvato la vita una volta, perciò saldo il mio debito con te e me ne vado. Dopodiché non voglio rivederti, mai più. »

La voce del cavaliere era gelida. Broérec, che sembrava non aver prestato attenzione alle sue parole, proseguì: « Ascolta, non l'ho uccisa io. Quando l'hai fatta prigioniera, se ricordi, sebbene appartenesse a una famiglia di rango il parroco l'ha rinchiusa in una segreta in attesa di giudizio. Hai dovuto prodigarti parecchio per tirarla fuori di là... Alcuni, a quanto sembra, l'avevano riconosciuta e l'accusavano di essere l'amante di Robert de Vitré. Di qui la condanna per tradimento nei confronti del duca di Cornovaglia... Ma la verità è che era una donna bellissima! E della sua morte, che ci ha diviso, non sono responsabile. Dopo il nostro duello e la tua partenza per Lesneven, ho trovato i colpevoli e li ho impiccati io stesso, senza pietà! »

Il cavaliere si era accostato al caldano. Sentiva nuovamente montare la collera. Si sfregò le mani sul fuoco; il sangue gli pulsava nelle tempie.

« È vero, avevo bevuto », proseguì Broérec come se desiderasse a tutti i costi liberarsi la coscienza. « Ma era ancora in vita quando l'ho lasciata e, te lo giuro, ancora vergine. Volevo chiedere la grazia e obbligarla così a diventare la mia amante, perché mi piaceva tanto quanto a te. Però non volevo prenderla in quella gabbia nauseabonda, infestata dai ratti. Purtroppo quella sera, dopo che me n'ero andato, alcuni sciagurati si sono introdotti nella segreta. Mentre la violentavano, dev'essere riuscita a impossessarsi di un coltello. Quando l'hai trovata la mattina seguente, i vestiti strappati, la lama conficcata nel petto... »

« Adesso basta, Broérec », lo interruppe il cavaliere con voce gelida.

Il signore di Huelgoat esitò, poi tacque. La ferita si era riaperta, quella ferita che dieci anni prima li aveva messi l'uno contro l'altro, spade alla mano, e aveva lasciato sulla fronte di Galeran un marchio indelebile, il segno della lama arcuata della sua scimitarra.

« Ascoltami », borbottò Broérec, « poiché non hai dimenticato la sera in cui ti ho salvato la vita, restiamo amici almeno fino a quando non avrai risolto il caso di queste morti. Se dopo vorrai batterti, sappi che non mi tirerò indietro. »

Ciò detto, aprì la porta del bugigattolo nel quale avrebbe dormito Galeran e gli indicò la branda, una specie di grosso telo incorniciato dal legno.

« Aspetta, ti prendo una cosa. »

Si diresse al suo letto e ne tornò con una spessa pelliccia.

«Tieni, prendila, ne avrai bisogno. Di notte questa torre è gelida come una tomba.»

Quindi se ne andò dimenticando di chiudere la porta della stanza. Galeran gettò la coperta sulla branda.

Un sibilo fischiò nelle orecchie di Broérec, che si gettò di lato: un coltello si era conficcato, vibrando, nel legno decorato del letto.

«Sappi, Broérec», disse pacatamente il cavaliere, «che se ti avessi ritenuto ancor oggi colpevole di quella ignominia uno di noi due sarebbe già morto. Ma sono venuto a conoscenza di ciò che hai fatto quell'anno dopo la mia partenza per Lesneven e ho capito che eri innocente. Per quanto riguarda il mio debito, farò il possibile per saldarlo. Dormi tranquillo: Dio mi è testimone, non ho mai ucciso un uomo che mi voltava le spalle.»

Lo fissò così a lungo che Broérec non osò controbattere. Estrasse a fatica la lama conficcata nel legno e la posò lentamente sul tavolo. Borbottando, scagliò a terra gli stivali, e dopo aver richiuso con forza i battenti di legno dietro di sé scivolò completamente vestito nel letto.

Un lieve sorriso si dipinse sulle labbra di Galeran, che recuperò il coltello e rientrò nel suo bugigattolo chiudendo piano la porta.

Stanco com'era, cominciò improvvisamente a tremare: in quello stanzino si ghiacciava dal freddo.

Senza spogliarsi, si sdraiò sotto la spessa pelliccia, le armi a portata di mano.

Rimase all'erta, e non riuscì ad addormentarsi sebbene fosse sfinito: in una sola giornata troppo repentino era stato il passaggio dalle serene abitudini del maniero paterno, retto dal saggio e giusto Gilduin, a quel luogo infernale in cui regnavano la follia e la disperazione di un uomo temibile.

Rabbia e compassione si agitavano nel suo animo, una ridda di immagini si accavallava dietro le palpebre chiuse: il vecchio impiccato e lo schiavo incatenato alla macina,

Hoel il bastardo sbucato dal bosco per annunciare il suo odio e rivendicare i suoi diritti, e il volto smunto, il corpo martirizzato dell'innocente bambina che chiedeva vendetta...

Ordini perentori e uno scalpiccio segnalarono il cambio della guardia. Poco dopo la mezzanotte, quando ormai si stava assopendo, il cavaliere fu riscosso dal nitrire di un cavallo. Impensierito per Quolibet, si alzò di scatto ad aprire il battente della feritoia. Sebbene fosse abituato a scrutare nel buio, sulle prime non riuscì a distinguere nulla. Poi scorse le sagome di due cavalli sellati. Un uomo robusto si stava accingendo a montare in sella. Riconobbe Broérec, l'altro gli parve l'inquietante Thustan. Entrambi sparirono dopo aver varcato la porta carraia.

Galeran richiuse l'imposta e tornò a letto. L'agitazione non lo aveva ancora abbandonato e, prima di sprofondare finalmente nel sonno, una frase gli tornava ossessivamente alla memoria: «La bevanda degli uccelli notturni! La bevanda degli uccelli notturni! La bevanda degli...»

SECONDA PARTE

« Kentoc'h mervel eget mastared. »
Meglio la morte che macchiarsi di un'infamia.
Proverbio bretone

CAPITOLO 8

LA GENTE del villaggio aveva timore di avventurarsi nel «bosco alto», che si diceva fosse ancora abitato dalle fate.

Lì tutto sembrava più luminoso, dalla cima degli alberi al terreno rivestito di lucente muschio. Surreali colonne di luce, raggi di luna o di sole, filtravano tra le fronde, accarezzando con cerchi scintillanti il manto erboso. Anche in autunno le foglie ingiallivano in ritardo rispetto a qualsiasi altro luogo. Blocchi di granito ricoperti di licheni spuntavano tra le conifere, e rigogliose felci, verdi come mandorle immature, avvinghiavano i tronchi inumiditi di linfa.

Avanzava silenziosa, sfiorando appena il terreno con i piedi nudi. Sopra la sua testa raffiche di vento soffiavano tra gli abeti con un rumore simile alle onde del mare.

La ragazza, che indossava una calzamaglia scura e una cioppa bianca annodata in vita con una cordicella di lino, si muoveva con la leggiadra agilità di un cerbiatto.

Dopo aver sistemato il pesante carniere e l'arco che portava in spalla, si inerpicò su per un pendio di detriti rocciosi. Giunta alla sommità, si diresse alla scogliera dirupata, dove un sordo fragore faceva vibrare il terreno. Noncurante, si distese a terra e sollevò i rami bassi di un frassino appoggiato a una roccia, scomparendo improvvisamente attraverso una stretta fenditura. Dopo aver strisciato per un tratto in quel tunnel corroso dalla pioggia, sbucò sulla riva di un piccolo lago protetto dal mondo grazie alle alte pareti di granito: da quando si rifugiava in quel luogo non aveva ancora scoperto un altro accesso.

Il giovane, che la seguiva di nascosto sin dal momento in cui, quella mattina, si era avventurata nel bosco, si distese al suolo e attese immobile. Non vedendola tornare, si avvicinò cautamente al punto in cui era scomparsa e, dopo aver individuato l'angusto pertugio, vi si lasciò scivolare senza la minima esitazione.

Appena uscito dal passaggio segreto, rimase sbalordito di fronte allo spettacolo che si presentò ai suoi occhi.

Nel bel mezzo di un lago, incastonato come uno smeraldo nel suo scrigno di granito, si riversava il bianco arco di una cascata. Non lontano, una piccola spiaggia di ciottoli declinava dolcemente verso l'acqua. Le felci si arrampicavano sulle pareti ed enormi libellule sfioravano con le loro ali diafane la superficie del lago increspata dal guizzare dei pesci.

In quel paradiso, isolato dal mondo, la ragazza sembrava perfettamente a suo agio. Il giovane, che la vide incamminarsi verso una piccola grotta scavata nella scogliera, strisciò lungo un crinale roccioso per poi nascondersi in un anfratto vicino all'ingresso.

Il pavimento della grotta era ricoperto di sabbia bianca e fine. Nel fondo, una vecchia coperta giaceva ripiegata su una lettiera di paglia ed erbe secche.

Una grande pietra piatta fungeva da tavolo, un ceppo di legno da sgabello. Era il nascondiglio della ragazza, quasi una seconda casa.

Dopo aver appoggiato il carniere sulla pietra, nonostante l'aria frizzante, si svestì, gettando la calzamaglia e la cioppa sul giaciglio. Snodò la benda che le sosteneva i seni, poi se li massaggiò a lungo.

Completamente nuda, scompigliò i corti capelli con un gesto meccanico e si stirò con voluttà. Si sentiva libera.

Uscì dalla grotta alzando con i piedi nudi nuvolette di sabbia e, in poche, ampie falcate raggiunse la spiaggia. Lanciata una rapida occhiata attorno, entrò nell'acqua ghiacciata emettendo brevi e striduli urletti, il corpo intirizzito dal freddo. Un istante dopo s'immerse, nuotando verso la cascata.

Meravigliato, il giovane, che continuava a seguirla attentamente con lo sguardo, osservò l'agile sagoma allontanarsi velocemente dalla riva. L'acqua era così trasparente che s'intravedeva il fondo di sabbia bianca: alcune trote si avventuravano sino alla battigia, accarezzando come argentei balenii la nuotatrice.

Riemersa vicino alla cateratta, la ragazza si alzò, lasciando che il vigoroso getto le massaggiasse le reni e il fondoschiena.

Dopo qualche minuto, col cuore in tumulto, guizzò fuori dell'acqua e corse alla grotta per frizionarsi energicamente con un telo. Quando si fu rivestita, raggiunse il fondo del suo rifugio e, scostando i ramoscelli che ricoprivano il terreno, scoprì una buca da cui estrasse un sacco. Seduta sulla lettiera, rovesciò alla rinfusa sulla coperta delle monete, un piccolo specchio di stagno lucente e una catenina alla cui estremità pendeva uno splendido medaglione d'argento minuziosamente lavorato.

Afferrò lo specchio, che spolverò con il rovescio della manica, e si guardò a lungo, passando la mano tra i corti capelli e mordendosi le labbra perché diventassero più rosse delle ciliegie. Quindi, dopo aver sfiorato il gioiello finemente cesellato, l'aprì. Una lunga ciocca di capelli biondi cadde srotolandosi al suolo. La raccolse con delicatezza e la baciò intensamente, gli occhi semichiusi. Ripose infine i suoi tesori nel sacco, che risistemò nella buca prima di ricoprirla con cura di foglie secche.

Sembrava quasi allegra, adesso.

Aprì il carniere traendone una tovaglia bianca, la distese sul tavolo di pietra e vi posò un bicchiere di stagno, che aveva riempito con l'acqua del lago, una pagnotta e tre coltelli. Poi, guardando soddisfatta la tavola imbandita, posò con solennità una moneta accanto al pezzo di pane.

Con voce rotta dall'emozione, scandendo le parole, disse: «Onore a voi, fate mie. Proteggetemi da ogni malevolenza. Datemi forza e saggezza. La prossima volta vi offrirò del vino per meglio onorarvi».

Così le fate le accordarono aiuto e sostegno per il tempo a venire.

Proprio in quel momento il giovane decise di uscire allo scoperto: la sua ombra incombeva gigantesca sulla sabbia chiara della grotta.

La ragazza sussultò, gli occhi sgranati per la paura. Poi, riconoscendolo, serrò i pugni e si riaccostò alla tavola.

«Non temere, non voglio farti del male», cercò di tranquillizzarla il giovane a bassa voce.

«Non avanzare o, in fede mia, sei morto», gridò lei che aveva impugnato un coltello.

«Tu mi conosci. Abbiamo giocato insieme da bambini... non ricordi?»

«Come hai fatto a trovarmi?» gli chiese brusca.

«Ti ho vista uscire prima dell'alba, come fai spesso, il che mi ha incuriosito e questa volta ho deciso di seguirti.»

Fece una pausa, scrutando attentamente i lineamenti aggraziati e la figura snella. «Non mi aspettavo una sorpresa del genere, per niente. Sei molto audace, e mascheri bene la tua identità. Avrei dovuto capirlo. Ma in tutti questi anni sono stato cieco!»

«Allora continua a esserlo e fuori di qui!» intimò la ragazza con foga, uno sfolgorio selvaggio nello sguardo.

Senza dare peso all'avvertimento, il giovane proseguì guardandosi attorno: «Questo lago è un paradiso. La grotta, il tuo rifugio... e tu!»

«Ascoltami bene, ti ho detto di andartene!» ribadì furiosa la ragazza.

«Allora dimentichi chi sono?» la rimproverò l'altro. «Ci sono dei vincoli tra di noi, e lo sai bene!»

«Giammai, lasciami, e se non accetti l'evidenza vattene e dimentica questo luogo.»

Con un balzo il ragazzo le fu sopra, le afferrò la mano e gliela torse, aprendole le dita a una a una: il coltello cadde, conficcandosi nella sabbia.

Lei urlò e gli morse con forza la mano, ma il giovane la sollevò come fosse un fuscello e la portò verso il fondo della grotta.

«Lasciami», gli ordinò la ragazza. «Te la farò pagare!»

«No, non ti lascerò finché non ti sarai calmata.»

La gettò sulla lettiera e, tenendola ferma con una sola mano, intimò: «Ascoltami tu! Non hai niente più di me: padre Gwen mi ha insegnato le Sacre Scritture. Dicono che tutti gli uomini sono uguali davanti a Dio! E tu, che non fai altro che comandare, l'hai forse dimenticato? Quando eri piccola non ti comportavi così!»

La sua voce era cambiata, grondava collera.

La ragazza, ansimante, smise immediatamente di agitarsi. E attese.

«Come ti chiami?» le chiese il giovane.

Lei serrò le labbra.

«Dimmelo», insistette lui, «non serve a nulla nascondermelo adesso.»

«Ninian», rispose lei cedendo.

Capitolo 9

Il caldano era ormai spento da ore e i primi raggi di sole filtravano dalla stretta feritoia.

Galeran, che si era addormentato all'alba, spinse la pesante pelliccia in fondo alla branda e s'infilò gli stivali. Un fastidioso mal di testa, effetto del vino o della malsana bevanda, gli opprimeva le tempie.

Lo stentoreo richiamo di un corno risuonò per tre volte. C'era gran confusione lassù, nel dormitorio dei soldati. Il cavaliere indossò tunica e cotta, infilò una ciotola nella scarsella e uscì dallo stanzino. Un fragoroso russare giungeva dal letto di Broérec. Galeran sorrise: l'uccello notturno è tornato al nido! Attraversò rapidamente la stanza e si lasciò scivolare giù per la scala fino al locale al pianterreno.

Cléophas, il volto imperlato di sudore, i radi capelli avvolti in un sudicio panno, era già indaffarato ai fornelli, su cui cuocevano spesse *galettes* di grano saraceno.

Nel sentire il ben noto odore di grasso rancido che impestava la stanza, Galeran fu immediatamente assalito dalla nausea.

Un valletto d'armi sonnecchiava ancora, il pagliericcio appoggiato proprio sopra la botola che si apriva sulla cantina. Gemeva nel sonno, la bocca spalancata e un filo di saliva che gli colava sul mento.

Il ragazzo cencioso che aiutava Cléophas in cucina si stirò sbadigliando. Aveva dormito avvolto in un vecchio telo su un cumulo di fieno.

Il cinghiale ucciso la mattina precedente pendeva dal gancio di una trave. Oscillava adagio e sulle ferite sanguinolente si agitava una nuvola di mosche verdi.

Uno dei mastini di Drogon stava accucciato proprio sotto la carcassa dell'animale col muso alzato. Ringhiò all'ingresso del cavaliere, quindi tornò alla sua posizione, immobile come una statua.

Salutando il vecchio con voce cordiale, Galeran s'avvicinò al focolare e riempì la ciotola di cenere tiepida. Cléophas si voltò, stupito che qualcuno gli rivolgesse la parola senza insultarlo. Schiuse la bocca sdentata in un timido, strambo ghigno. Stava zitto da così tanto tempo che aveva praticamente dimenticato il suo dialetto. Se avesse riscoperto la magia della parola, chissà quante cose avrebbe potuto raccontare il vecchio cuoco...

Galeran uscì nel cortile, stirando le membra intorpidite. Il collo era rigido, i muscoli indolenziti per via della terribile nottata. Sebbene nel cielo indugiasse qualche nuvola, la giornata si annunciava magnifica. Il cavaliere si sentì subito meglio, anche il mal di testa andava attenuandosi. L'aria era frizzante, sopra la torre volteggiavano delle cornacchie. Dopo aver superato la prima cinta muraria, scese lungo la passerella fino alla bassacorte, canticchiando un'antica ballata delle sue parti.

Un gran baccano veniva dalle stalle: valletti e soldati si stavano occupando di una decina di cavalli scalpitanti.

Arrivato al pozzo, Galeran posò la ciotola sopra una pietra levigata, quindi, spostata la pesante copertura di legno, tirò su un secchio d'acqua gelida. Senza togliere la calzamaglia e gli stivali, si mise a torso nudo e si strofinò vigorosamente la pelle con le tiepide ceneri. Quindi si chinò in avanti per lavarsi il volto, prima di versarsi l'acqua ghiacciata sul petto. Dopo essersi asciugato con la tunica, si rivestì. Affilato il coltello su una pietra, cominciò a radersi.

Una sonora risata attirò la sua attenzione. Broérec, la tunica sgualcita e i capelli arruffati, gli si era avvicinato alle spalle. «Non sei cambiato! Sei l'unico in tutta la fortezza a lavarti e raderti. Fosse la bella stagione capirei, ma adesso...»

Ignorando il sarcasmo, Galeran sorrise e continuò nella sua operazione.

Broérec lo fissò con diffidenza. «Spero che tu abbia riposato bene e nessuno ti abbia disturbato», disse improvvisamente.

«Ho dormito come un sasso», mentì il cavaliere. «Ma quando partiamo per Lannédern?»

«Come hai potuto vedere, ho fatto preparare i cavalli di primo mattino: ci muoveremo dopo aver mangiato qualche *galette* e bevuto un po' di idromele!»

«Va bene, ma non ho una gran fame. A giudicare dall'odore che viene dalla cucina, il tuo cuoco prepara le *galettes* con del grasso che risale ai tempi della crociata!» commentò Galeran. «Non c'è dubbio che la cucina di Cléophas sia peggiore di quella dei cuochi di Vitré!»

«Hai ragione, ma ne ho provati altri con scarsi risultati, e allora, sai...»

Trangugiata la colazione, gli uomini montarono in sella e il piccolo drappello capeggiato da Thustan e Drogon attraversò la bassacorte del castello.

CAPITOLO 10

CALATO il ponte levatoio, gli enormi mastini si lanciarono fuori, felici di sgranchire le zampe al di là della cinta. Preceduti da una decina di uomini armati di verretta, Galeran e Broérec cavalcavano fianco a fianco. Nelle retrovie un cavallo da soma, tenuto per la briglia da un valletto, seguiva il convoglio trasportando il lugubre fardello, fissato alla sella con corde resistenti. I destrieri nitrivano felici, esalando dalle froge nuvole di vapore bianco nell'aria pungente del mattino.

Galeran si rese conto che i soldati stavano sulla difensiva e procedevano lentamente, la mano sulla verretta, guardandosi attorno con una certa ansia. Costeggiarono poi un tormentato promontorio roccioso avanzando lungo le mura fortificate.

Al segnale di Drogon, Thustan lo raggiunse. I due partirono in avanscoperta, preceduti dai cani. Sembravano non temere né Dio né il demonio.

Il drappello entrò nella foresta, quindi imboccò un sentiero che serpeggiava tra l'erica e le ginestre e che, come Broérec disse a Galeran, era chiamato « Louarn » per la presenza di molte volpi. « Un tempo spesso le cacciavo con la mia dama », aggiunse gettando un'occhiata al compagno, che colse nel suo sguardo un lampo di smarrimento.

Uscendo dall'alta fustaia, i cavalieri arrivarono alle porte del borgo di Huelgoat.

Galeran vi ritrovò l'estrema miseria dei paesini bretoni. Qualche capanna di paglia e argilla con i tetti di giunco e le porte sbarrate, un mucchietto di letame, cumuli di torba e di sterco lasciati a essiccare. Era il tipico feudo su cui Broérec esercitava il suo potere.

Il borgo non aveva una chiesa né un cimitero. All'incrocio dei sentieri una decina di tumuli custoditi da una croce di pietra fungevano da necropoli per gli abitanti o i viaggiatori che Ankou aveva deciso di portare con sé. Non c'era in giro un'anima e Galeran, perplesso, si accorse che non una colonna di fumo s'innalzava sopra i tetti. Anche i recinti per gli animali erano aperti, e tranne un vecchio cane che fuggì abbaiando non si vedeva traccia di vita.

«Padre, entriamo?» domandò Drogon indicando con un cenno della testa la capanna più grande.

«Aspetta, non siamo qui per questo. Te ne occuperai più tardi.»

«Cosa succede?» intervenne il cavaliere.

«Da qualche tempo questi porci di bifolchi, oltre a negarsi per le corvée, rifiutano di pagare la taglia. E così ho deciso che Drogon mi farà da amministratore, e se non basterà dovranno vedersela con i suoi mastini!»

«Capisco», fece Galeran scuotendo la testa. «Ma quando eri a Vitré non avevi un amministratore?»

«Certo», rispose con stizza Broérec. «Era Cléophas che si occupava del mio feudo, lui e quella smorfiosa di sua moglie.»

«Cléophas, il cuoco?» domandò stupito Galeran.

«Proprio lui! Un bel briccone, quell'uomo!»

«Non era onesto?»

«Per essere onesto lo era, anche troppo per i miei gusti. Diceva che non dovevo opprimere né i villani né i servi, se volevo che rendessero... proprio il colmo! Dimmi, Galeran, pensi che si possa pazientare in tempo di guerra quando sei angustiato dalle difficoltà? Occorre più denaro per pagare e aumentare le truppe, e intanto quei miscredenti di mercenari disertano e vanno a combattere per il nemico per passarsela meglio... »

« Hai ragione, il denaro è la linfa della guerra, non si può farne a meno », sospirò il cavaliere. « È inevitabile, con questa gente che combatte per mestiere, non importa per chi e contro chi. Ma non credi sia altrettanto rischioso vessare dei contadini che sono in grado di difendere i loro appezzamenti e non si piegano tanto facilmente? »

« Le stesse parole di Cléophas... » commentò Broérec. « Prestava ascolto alle loro lamentele. E tu dovresti conoscerlo bene il ritornello: fa freddo, fa caldo, la vacca è morta, la moglie è malata... e io, intanto, non vedevo un soldo! Credimi, Thustan e Drogon sanno come estorcere loro il denaro. Quanto al mio cuoco, sta bene dove sta, il naso nella sua disgustosa zuppa! »

« Ma tu, Broérec, non sei più padrone in casa tua! » gli rinfacciò Galeran.

Il signore di Huelgoat non rispose e alzò una mano per far segno ai suoi uomini di procedere al trotto attraverso il borgo. Tutto era immobile, come se gli abitanti, avvisati del loro arrivo, si fossero rifugiati nella foresta.

Usciti da Huelgoat, una vegetazione sempre più fitta li avvolse. Le felci erano dappertutto; alte quanto un uomo, invadevano il sentiero melmoso ondeggiando lentamente lambite dalla brezza. In mezzo a quella marcescente marea verde si sentivano gli animali fuggire, ma era impossibile vederli.

Il latrato rauco e incessante di un lupo, proveniente da chissà dove, riecheggiò nelle profondità della foresta.

Nervosi, i cavalli nitrirono, tendendo il morso: i soldati prestavano attenzione al minimo rumore.

« Ci sono tanti lupi, qui? » domandò il cavaliere a Broérec.

« Sì, non si possono lasciare gli animali senza sorveglianza, soprattutto d'inverno. Dobbiamo organizzare un'altra battuta con i contadini per sterminarli. Drogon ha perduto uno dei suoi uomini l'inverno scorso, non lontano dal castello. Quell'idiota si era avventurato da solo tra le rocce: l'hanno ritrovato con la gola squarciata e mezzo viso lacerato! Crediamo che sia stato un lupo di grandi dimensioni, ma nessuno l'ha mai visto.»

«E i cani non hanno fiutato la pista?»

«Certo, ma quel lupo doveva provenire dall'inferno e i mastini si sono impuntati, non hanno voluto proseguire. Si sono accucciati e guaivano, nonostante le sferzate di Drogon.»

«Già, tra bestie dell'inferno...» mormorò Galeran.

«Ehi tu, laggiù, rinserra i ranghi!» urlò Broérec partendo al galoppo in direzione di un soldato che si era allontanato dal sentiero.

Galeran si guardò attorno e portò d'istinto la mano all'elsa.

Si udì un rumore di rami spezzati alla destra del cavaliere: dalla boscaglia sbucò un capriolo inseguito da un cane. Richiamato con un fischio da Drogon, che aveva raggiunto la testa del drappello, il mastino tornò indietro con aria delusa.

Galeran si riscosse, in collera con se stesso perché non riusciva a controllare l'inquietudine che lo agitava. L'atmosfera della foresta non gli piaceva, come, d'altronde, quella che si respirava al castello del suo vecchio compagno d'armi.

Il piccolo drappello, guidato da Thustan, arrivò infine all'Elez. Attraversate le cupe torbiere della palude di Yeûn, il fiume lambiva Saint-Herbot prima di scomparire tra le rocce in direzione dell'Aulne e di raggiungere l'immenso oceano che, a detta degli antichi, scorre sotto l'Armorica.

Nei mesi caldi dell'anno l'Elez non era particolarmente gonfio e i cani, il naso a pelo d'acqua, correvano su e giù lungo la riva in cerca di un guado. Incoraggiati dal padrone si lanciarono nel fiume, e Drogon spronò il suo cavallo, subito imitato dal resto del gruppo.

Attraversato l'Elez, Broérec, frenando il destriero, fece segno a Galeran di seguirlo e i due si allontanarono insieme.

Un possente boato faceva tremare il suolo. Non lontano da lì il fiume formava una cascata, precipitando in un tenebroso burrone orlato da rocce frastagliate.

« La cascata del gigante Gwer! » gridò Broérec per farsi sentire. « Dicono che queste pietre siano tutto ciò che resta delle sue costruzioni. Tagliapietre come i due fratelli, era così imponente da superare le cime delle montagne. Alla sua morte, raccontano, i vecchi l'hanno dovuto piegare in nove parti per riuscire a sotterrarlo! »

Galeran sorrise. Come tutti i bambini bretoni, si era addormentato la sera cullato da quelle leggende. Infatti in Bretagna la nebbia è così fitta che la testa degli uomini si riempie di sogni.

La malinconia, propria della sua indole, pervase il cavaliere, che si affrettò a raggiungere Broérec già avviatosi sulla via del ritorno.

« Chi è Herbot, anche lui una leggenda come il gigante Gewr? » domandò.

« No, era un eremita che viveva qui, un sant'uomo, secondo i vecchi. Era così vicino alla condizione degli animali che preferiva la loro compagnia a quella degli uomini. Aveva due buoi bianchi che lo seguivano ovunque, e i loro fantasmi, sempre secondo il racconto, vagano ancora per i monti d'Arez. La sua casa col tempo è diventata una cappella, e talvolta buoi e giovenche scendono dalle montagne per andarvi in pellegrinaggio. I contadini di qui venerano a tal punto quegli animali da considerarli loro protettori. »

I due cavalieri raggiunsero rapidamente il piccolo drappello che li attendeva alle porte di Saint-Herbot.

Il villaggio si estendeva in un gradevole vallone ricco di

faggi e, oltre alla cappella del sant'uomo, comprendeva un cimitero e una decina di casette e cascine con i tetti di giunco. Il luogo era tranquillo, sin troppo. Proprio come a Huelgoat, le porte e le imposte erano chiuse; non si alzava nemmeno un'esile colonna di fumo. Il villaggio sembrava disabitato: non un vecchio sulla soglia, non un bambino che giocasse nei paraggi.

Stupito di non aver incontrato anima viva lungo il cammino, Galeran si rivolse a Broérec: «Che c'è ancora? Cos'è successo ai tuoi contadini? Mi hai appena detto che non ti temono più!»

«Si nascondono come i topi che sono! Hanno paura di Ankou che vaga, di me, dei lupi, dei bambini che muoiono... e di chissà cos'altro! Suvvia, andiamocene da qui!» rispose lui spronando con furia il cavallo e facendo segno agli altri di seguirlo al galoppo.

CAPITOLO 11

A MANO A MANO che si avvicinavano a Lannédern, Galeran intravedeva pennacchi di fumo nero alzarsi nel cielo terso. Almeno quel villaggio non era deserto.

La cappella occupava il centro di un'ampia cinta muraria in pietra. E poiché le loro case sorgevano all'interno di quella cerchia consacrata, gli abitanti vivevano sotto la protezione di Dio. Lungo il perimetro, più alto del normale, si apriva una robusta porta di quercia che veniva sbarrata al calar della notte.

Come nella maggior parte dei siti bretoni cinti da mura, il cimitero, coperto di erbe rosse e pietre piatte, era di piccole dimensioni. Tradizione voleva infatti che i morti fossero riesumati per far spazio agli ultimi arrivati. I resti venivano quindi collocati nell'ossario ricavato lungo la cinta.

I cavalieri imboccarono il sentiero che conduceva alle mura.

Guardando meglio, Galeran si rese conto che quelle che inizialmente aveva scambiato per cascine costruite all'esterno della cinta erano in realtà un fienile, delle stalle, un porcile e, senza dubbio, la famosa locanda: la tolleranza della Chiesa non avrebbe infatti ammesso un simile luogo di perdizione nei suoi possedimenti.

Non lontano dalle mura, alcuni bambini giocavano presso uno stagno fangoso dove sguazzavano delle anatre. Una vecchia, seduta su uno sgabello, intrecciava canestri gettando di tanto in tanto un'occhiata distratta ai marmocchi, mentre alcuni polli le razzolavano attorno. Un giovane con i piedi nudi sporchi di fango, che stava per condurre al pascolo delle giovenche, si arrestò di colpo alla vista dei cavalieri e rientrò precipitosamente nella stalla.

Avvisati sicuramente da qualche vedetta, gli abitanti si erano raggruppati all'ingresso delle mura, sbarrando l'accesso ai visitatori.

Lannédern, eccezion fatta per i vecchi, contava al massimo una ventina di uomini e, più o meno, altrettante donne.

In disparte rispetto agli abitanti e ai loro figli, Galeran notò un adolescente vestito da pastore, circondato da un capannello di ragazzi.

Staccandosi dal gruppo, due uomini andarono incontro ai cavalieri. Il primo era un esile vecchio dai capelli bianchi, probabilmente il parroco del villaggio, le cui lunghe falcate facevano svolazzare la pianeta, l'altro un monaco di corporatura tarchiata, con il cappuccio abbassato. Un saio nero come quello dei cluniacensi gli copriva le caviglie. Non si riuscivano a scorgere i lineamenti del viso, adombrati dalla buffa.

«Eccovi, mio signore», disse il vecchio chinandosi per omaggiare Broérec. «Chi vi ha informato?»

«Informato di cosa?» domandò questi scendendo di sella e affidando la briglia a un soldato.

«Ma della morte di un bambino, ritrovato ieri sull'argine dell'Elez», balbettò il parroco. «L'hanno portato qui Renoulf e suo figlio!»

«Vuoi dire, padre, che c'è stato un altro morto?» alzò la voce Broérec.

«Voi, voi...»

«Smettila di balbettare! Anche noi veniamo con un morto. Manda qualcuno ad avvertire i locandieri, e in fretta!»

Il vecchio chiamò un ragazzino che giocava allo stagno,

gli mormorò qualcosa all'orecchio e subito quello corse via verso la taverna.

Intanto i soldati, a un comando di Drogon, si erano disposti vicino all'ingresso del villaggio, rimanendo in sella, la mano sulla verretta. Soltanto Thustan e il valletto che si prendeva cura del cavallo da soma si erano affiancati a Broérec in attesa di ordini.

Alla vista del tragico carico, si levarono dei mormorii tra gli abitanti. La tensione tra i due schieramenti era ormai palpabile. Gli uomini d'armi, a un segnale di Drogon, si erano ancor più accostati all'entrata della cinta.

Le madri allora avevano subito fatto rientrare in casa i bambini più piccoli, si erano chiuse le porte alle spalle, poi si erano piantate con aria truce di fianco ai mariti.

Broérec ha detto la verità, pensò il cavaliere. Non è benvoluto, e quando le donne mostrano i denti, come dice mio padre, la rivolta sta per scoppiare!

Il gruppetto che Galeran aveva notato avvicinandosi al villaggio si teneva sempre in disparte, come se non vivesse a Lannédern: qualcosa nel loro atteggiamento e in quello del pastore lo incuriosiva.

Il ragazzo, che non aveva più di quattordici anni, sorvegliava le mosse degli abitanti e dei cavalieri. Fece segno ai compagni di dividersi e, assicuratosi che gli avessero obbedito, si fece largo con fare baldanzoso tra i contadini che si scostarono per lasciarlo passare e si diresse verso il parroco. Ma il monaco vestito di nero lo trattenne a forza per una spalla e lo spinse all'interno della cinta.

Mentre Galeran teneva d'occhio la situazione, un soldato, al comando del signore di Huelgoat, aveva sciolto il nodo che legava il cadavere della piccola al cavallo da soma e lo aveva posato a terra con noncuranza. Un brusio di collera si diffuse tra i presenti, che avanzarono verso Broérec.

Una coppia già avanti negli anni si fece largo tra la gente, preceduta dal ragazzino che era andato ad avvertirla.

«Sono il locandiere e questa è mia moglie. Ci avete fatto chiamare, signore?»

Broérec li fissò, poi rispose con durezza: «Prima di tutto guarda, poi potremo parlare!» E impugnato il coltello, si chinò sulla tela bianca che tranciò con un colpo netto, rivelando il viso contratto della bambina. L'odore nauseante della decomposizione si sprigionò dal piccolo cadavere.

La donna fissò il corpo della figlia e scoppiò a piangere, nascondendo il viso tra le mani. Il locandiere impallidì e subito si frappose tra la moglie e quel terribile spettacolo.

«Chi ha ucciso la nostra piccola?» domandò con un tono rabbioso e al tempo stesso incredulo.

«Non lo so», rispose Broérec con alterigia.

«Un momento», disse il cavaliere ritenendo fosse meglio intervenire prima che Broérec aggredisse la sua gente e il confronto prendesse una brutta piega.

Quindi si avvicinò per presentarsi alla coppia: «Ti saluto, locandiere! Sono Galeran de Lesneven e vorrei esprimere a te e a tua moglie il mio cordoglio per ciò che è successo. Siamo qui per aiutarvi. Messer Broérec e io riteniamo che sia giunto il momento di mettere fine a tutte queste disgrazie».

I tavernieri, abituati ai modi brutali del loro signore, di fronte a tanta gentilezza si scambiarono un'occhiata stupita.

Galeran proseguì scandendo le parole. «Siamo venuti per cercare di capire che cosa ha provocato la morte di vostra figlia e dell'altro bambino che è stato portato qui.» Poi, volgendosi al parroco: «Potremmo discuterne nella cappella e fare in modo che la poveretta, che ho già esaminato, sia vestita per la sepoltura? L'altro bambino è già stato interrato?»

Galeran aveva preso in mano le redini della situazione e il parroco, che se ne era accorto, subito gli si avvicinò: «No, messere, non me ne sono ancora occupato; pensavo di farlo questo pomeriggio». Quindi si rivolse a un contadino: « Tu porta la piccola Fanchon all'interno della cinta e deponila di fianco alla salma del bambino, poi fa' suonare la campana a morto sicché altri si uniscano nella veglia alle vecchie che già si trovano nella cappella ».

Poi fece cenno ai presenti di scansarsi in modo che i cavalieri potessero entrare nel villaggio e raggiungere il luogo sacro.

Alcune donne, rassicurate, tornarono lentamente alle loro case, mentre l'uomo scelto dal parroco prese tra le braccia il corpo della bambina per portarlo dove gli era stato indicato.

Padre Gwen si affrettò ad aprire la porta della casa di Dio, quindi si spostò di lato per far passare i cavalieri: « Entrate messeri, entrate pure ».

Thustan, che non si allontanava mai dal padrone, varcò la soglia subito dopo il cavaliere e il signore di Huelgoat.

La cappella era modesta, ma decorosa. Una candela ardeva vicino all'altare, costituito da una grossa lastra di scisto ricoperta da un bianco telo; un mazzetto di fiori campestri decorava la nicchia della Vergine Maria. Ai quattro angoli dell'altare erano stati posti altrettanti lumi, e dalle feritoie deboli raggi di sole filtravano a illuminare il pulpito, un semplice ceppo di legno su cui il parroco s'inginocchiava a pregare.

Gettando uno sguardo attorno a sé, Galeran notò una panca e invitò la locandiera a sedersi.

Intanto due uomini avevano adagiato ai piedi dell'altare, sulla nuda terra, il cadavere della bambina accanto a un altro sudario su cui erano stati deposti rametti di bosso. Due anziane donne pregavano per l'anima del piccolo senza nome.

I rintocchi della campana risuonarono nel villaggio e altri abitanti si affrettarono a unirsi a chi era già raccolto per la funzione.

La locandiera, sconvolta e distrutta dal dolore, aveva preso posto davanti al cavaliere che la guardava con compassione. Da giovane doveva essere stata bella, ma era presto sfiorita per le fatiche e gli stenti.

Il marito sedette dietro di lei, le mani sulle sue spalle.

«Signora, dovete aiutarmi a scoprire chi ha ucciso vostra figlia», disse Galeran con dolcezza, scandendo ogni parola. «Ho bisogno di sapere quando e come la bambina è scomparsa.»

La donna alzò gli occhi arrossati per il pianto prima di rispondere a fatica: «Fanchon è sparita il giorno in cui la volpe si è mangiata le galline del vecchio Mikêl!»

«Bene, ma quando, precisamente?» chiese il cavaliere, paziente. «Quante lune sono passate? Il giorno della messa, forse?»

Il viso della donna s'illuminò improvvisamente, le gote di nuovo colorite: «Il giorno prima della messa, sì, proprio il giorno prima».

«Quindi era sabato; ma quale sabato?»

«Non lo so, messere.»

«Prima della mietitura?»

«No, dopo...»

«Ne siete certa? Quindi più o meno due lune fa. E cos'è accaduto?»

La donna scoppiò in singhiozzi prima di sussurrare pulendosi il naso nella manica: «Non lo so, messere».

«Sforzatevi di ricordare. Cosa avete fatto quel sabato? Eravate alla locanda? E Fanchon? C'era qualcuno alla taverna che non veniva spesso?»

«Se non ricordo male c'era il giovane signore...» rispose la donna esitando.

Broérec, che ascoltava con attenzione, le si accostò minacciandola col pugno e gridando: «Come osi, disgraziata, parlare di mio figlio?»

Il viso esangue, la donna si rattrappì sulla panca; mentre il marito stava per rispondere a tono, Galeran afferrò Broérec per un braccio e lo trasse da parte.

Irritato, il signore di Huelgoat cercò di opporre resistenza, ma il piglio deciso e la stretta vigorosa del cavaliere, la forte pressione delle sue dita sulla pelle, lo convinsero a seguirlo.

« Ascolta, Broérec, tu mi hai chiesto aiuto... » lo rimproverò Galeran.

« Sì, ma... »

« Allora non ti immischiare. È inutile che mi sforzi di far parlare questa gente se tu la terrorizzi. E se uno dei tuoi figli è coinvolto, sia chiaro, dobbiamo saperlo! »

Broérec borbottò: « Va bene, va bene, starò zitto, ma che questi bifolchi non si permettano di accusare i miei figli! »

« Se uno di loro è l'assassino, avrà la giusta punizione. Adesso ti prego di ascoltare tutto ciò che verrà detto, ma non intervenire a meno che non ti faccia un cenno. O, in fede mia, rinuncio all'impegno che ho preso con te. »

I due uomini tornarono dal locandiere che li aspettava, le labbra serrate.

« Bene », disse Galeran. « Puoi dirmi quale dei figli del signore di Huelgoat era da voi quel giorno? »

« ... »

« Non temere, non ti sarà torto un capello, te lo prometto. Ma dobbiamo sapere chi c'era quel sabato a Lannédern, che si tratti del figlio del vostro signore, di un pellegrino, di un vagabondo o di un cacciatore... Allora, qual era dei due? »

« Alla locanda il biondo, qui nella cappella il bruno. »

« Cosa? Stai dicendo che entrambi erano a Lannédern quel giorno? »

« Certo, ne sono sicurissimo. »

L'uomo sembrò esitare, quindi proseguì a bassa voce: « Il bruno era venuto per pregare, come fa spesso, poi ha giocato con la nostra piccola. È un ragazzo dolce e mite, e Fanchon si trovava bene con lui. Il biondo, invece, aveva messo gli occhi su Armelle, la nostra primogenita. Ogni pretesto era buono per ronzarle attorno. Qualcuno del villaggio ha dovuto dirgli di andarsene. Mia figlia era terrorizzata da quell'uomo! »

« La piccola Fanchon era con voi alla locanda? »

« No, vicino all'ossario, ma la tenevo d'occhio. Poi all'improvviso è sparita, come se Ankou l'avesse portata via. Non era più là, la mia piccola », intervenne la moglie singhiozzando disperata.

Il marito si fece il segno della croce. « Taci, donna, e va' alla locanda. » E al cavaliere: « Voglio parlare da solo con voi, se siete d'accordo. Da quando Fanchon è scomparsa ha perso il senno », aggiunse con aria mesta.

Galeran acconsentì con un cenno del capo e salutò la poveretta che si alzò piangendo: « Grazie per il vostro aiuto, e che Dio vi protegga ».

Il locandiere seguì la moglie con gli occhi, e quando si fu allontanata riprese il racconto con un lungo sospiro: « L'abbiamo cercata ovunque la nostra Fanchon. Tutto il villaggio mi ha aiutato, ma niente, nessuna traccia, la piccola era scomparsa. Poi i giorni sono passati l'uno dopo l'altro... »

« I figli del signore di Huelgoat erano ancora al villaggio quando ti sei accorto che la bambina era sparita? »

« Oh no, il bruno aveva trascinato via il fratello. Aveva litigato con lui a causa di Armelle, non voleva che continuasse a importunarla. »

« Rifletti bene, sono scomparsi altri bambini nel villaggio o nei dintorni? »

« Da qualche tempo Ankou si aggira da queste parti. E c'è la palude di Yeûn... » sussurrò l'uomo che aveva sgranato gli occhi come se avesse scorto qualcosa di terrificante alle spalle di Galeran.

Il cavaliere si voltò immediatamente, scrutando tra le ombre della cappella. Vicino all'altare il parroco discuteva animatamente con il monaco.

Si girò di nuovo verso il locandiere: i suoi capelli erano imperlati di sudore, che gli scendeva lungo la fronte sino agli occhi.

«Cosa stavi per dirmi? Perché adesso hai paura?»

«Niente messere, niente», mormorò l'uomo. «Ma si è superato ogni limite. Una piccola è scomparsa nella Yeûn, poi un'altra bambina che viveva alle torbiere, quindi un ragazzo di Huelgoat svanito poco dopo la mietitura, come la nostra Fanchon. E anche a Saint-Herbot i due figli della Janik sono spariti... Come ho già detto, Ankou si aggira nei paraggi!»

Broérec, che si era allontanato non appena il discorso aveva smesso di riguardare i suoi figli, non aveva sentito la conversazione: il locandiere aveva parlato con voce talmente sommessa che lo stesso cavaliere si era dovuto protendere verso di lui per intenderne le parole.

L'uomo si fece il segno della croce più volte; sudava copiosamente e continuava a spostare il peso da un piede all'altro, visibilmente a disagio.

«Siedi», lo invitò il cavaliere mostrandogli la panca. «Calmati. Se c'è un colpevole, lo troveremo e avrà la punizione che si merita. Ma la stregoneria non c'entra. Riposati un momento e poi torna pure alla locanda.»

«Sì, messere», mormorò il poveretto prendendosi la testa tra le mani.

Il parroco, che con discrezione se n'era stato in disparte, gli si avvicinò e chinandosi sopra la sua spalla gli parlò pacatamente all'orecchio cercando di confortarlo.

Poco lontano, Broérec discuteva animatamente con Thustan. I due smisero di parlare non appena il cavaliere si mosse verso di loro.

«Ehilà, Broérec, il tuo latino è così malridotto da non volere che lo ascolti?» scherzò Galeran. «Ho bisogno d'interrogare Drogon e Jestin, come d'altronde avevi immaginato.»

«Va bene. Jestin sarà certamente al castello; con Drogon, invece, potremo parlare stasera, se sei d'accordo. Non davanti a questi bifolchi.»

«Come preferisci.»

Galeran fissò a lungo Broérec con i suoi occhi chiari, poi gli chiese a bruciapelo: « Sei al corrente delle sparizioni che avvengono nelle tue terre? »

« Quali sparizioni? Ti ho raccontato ciò di cui sono a conoscenza. Ci sono stati dei morti e, da quel che so, tutti prima o poi devono morire, e allora? »

« Credo invece che tu non mi abbia detto tutto. Tu, che sei il signore di queste terre, vorresti saperne meno del locandiere? Non solo ci sono stati dei morti e, secondo me, più di quanti pensiamo, ma ci sono state anche delle sparizioni. Quanto accade qui è molto più grave rispetto alla situazione che mi avevi prospettato. Una scomparsa è spesso un evento più inquietante della morte stessa... »

« Amico mio, tu mi dai il tormento », replicò Broérec. « Come pretendi che sappia quel che succede a dei contadini che mi temono neanche fossi il diavolo? »

« Non hai un censimento degli abitanti e dei loro animali? » chiese il cavaliere.

L'altro scosse la testa facendo una smorfia.

« Non ne vogliono sapere. Mi tengono testa, e poi avrai ben visto in che razza di posti siamo passati! Come posso contare gente e bestie che si nascondono, messer la volpe? »

« La paura non uccide, Broérec, ma attenzione: impedisce di vivere », mormorò Galeran, che girò sui tacchi, lasciando il signore di Huelgoat senza parole.

« Cosa dobbiamo fare, messere? » domandò il parroco andando incontro al cavaliere.

Il vecchio era sudato e sembrava a disagio.

« Padre, è indispensabile trovare un rimedio a tutte queste disgrazie. Forse vorrete concedermi il vostro aiuto, ne ho un gran bisogno. »

« Certamente, sebbene non sia che un povero vecchio senza forze. »

«Ditemi, padre, chi è quel monaco che era con voi quando siamo arrivati?»

«Oh, è il fratello Withénoc... un sant'uomo, messere», rispose il parroco con un'esitazione che non sfuggì a Galeran. «Ma non ama la compagnia!»

«Me ne sono accorto, in effetti, però dovrete presentarmelo. Desidero incontrarlo e...» Il cavaliere si bloccò, gli era venuta un'idea. «Ho visto uno strano ragazzo poco fa. È rientrato nella cerchia con fratello Withénoc.»

«Oh, dev'essere Kaourintin, il pastore. Nostro Signore gli si è rivelato...»

Il parroco s'interruppe bruscamente. Galeran volse la testa e scorse il monaco che avanzava con calma verso di loro.

«Cosa c'è, padre? Vi sentite male?»

«Oh no, figliolo, non è nulla. Ormai sono vecchio, mi sento stanco. Mi perdonate se mi ritiro? Inoltre devo pregare per il riposo di quelle due anime.»

«Certamente, padre. Mi permetterete di esaminare il corpo del bambino?»

«Sì, messere, fate pure... e che Dio abbia cura di voi», bisbigliò il parroco allontanandosi un po' troppo velocemente.

Posò una mano sulla spalla del locandiere quando gli passò accanto, e i due uscirono insieme. Broérec e Thustan erano spariti. A parte le due anziane donne che pregavano davanti ai sudari, Galeran si ritrovò da solo nella cappella a pochi passi da fratello Withénoc, la cui buffa continuava a nascondergli parte del volto.

Un senso di malessere s'impadronì ancora una volta del cavaliere. Per la presenza nella cappella dei corpi martoriati dei due bambini? La causa era quell'uomo misterioso che si attardava non lontano da lui? Galeran si scrollò di dosso i dubbi e raggiunse il monaco che salutò chinando leggermente il capo.

«Il mio nome è Galeran de Lesneven; voi siete fratello Withénoc?»

L'altro rimase immobile, la testa ostinatamente abbassata. Non si distinguevano i lineamenti, soltanto una sottile barba nera, al modo degli inglesi, spuntava dalla buffa. Un pesante silenzio si frappose tra i due uomini.

Il cavaliere, che cominciava a spazientirsi, stava per parlare quando una voce roca sembrò uscire dall'abito monacale.

«Certo, sono fratello Withénoc, messer Galeran. Ci rivedremo. Abbiate cura di voi, perché questa terra è infestata di pericoli, soprattutto per quanti fanno mostra di essere curiosi!» E ciò detto, si allontanò lasciando solo il cavaliere.

«Bene, è la prima volta che un uomo mi suscita una sensazione simile. Quel diavolo di monaco fa venire i brividi!»

Scorgendo i due corpicini, Galeran si riscosse, ricordando che doveva esaminare il cadavere del bambino. Pregò le due anziane donne di lasciarlo solo per un momento e, dopo aver tirato via i rametti di bosso, sollevò il lenzuolo. La salma era stata lavata; il piccino, contrariamente all'altra vittima, non sembrava aver subito maltrattamenti. Galeran lo svestì, ma nessuna ferita giustificava il decesso. Poteva avere tra gli otto e i nove anni ed era scheletrico. Il cavaliere aggrottò le sopracciglia esaminandone la bocca: le gengive presentavano lo stesso segno scuro che aveva visto nella bambina. E, come lei, aveva le unghie spezzate e le ginocchia piene di lividi.

Galeran ricoprì il piccolo con il lenzuolo, si fece il segno della croce e lasciò intendere alle due donne che potevano riavvicinarsi ai corpicini privi di vita.

Capitolo 12

Un magnifico sole settembrino splendeva sul villaggio. Il tempo era mite e Galeran sospirò di sollievo uscendo dalla cappella.

Eppure si sentiva stranamente solo e disarmato. Avrebbe avuto bisogno di alleati o testimoni di fiducia, ma non aveva confidenza né con Broérec né con i suoi figli, nonostante la spontanea simpatia che subito aveva provato per Jestin.

Uscito dalla cinta, si diresse alla locanda. Broérec gli andò incontro impaziente: « Non hai ancora finito, dunque! » esclamò. « Ho da fare al castello e devo vedere Jestin. È da ieri che non lo incrocio! Ti lascio un soldato che ti scorterà. »

« Devo soltanto passare dalla locanda, poi partirò anch'io », rispose Galeran con voce spenta.

Broérec se ne accorse e gli chiese: « Che cos'hai, così all'improvviso? Sei stanco? »

« No. Ma che fine hanno fatto Drogon e Thustan? »

« Sono partiti per Huelgoat. Drogon ne aveva abbastanza di aspettare. Non è molto paziente. »

« ... »

« E adesso a cosa pensi? »

« Alla pazienza, amico mio, alla pazienza... »

Il cavaliere s'incamminò in direzione della taverna. Broérec alzò le spalle e ordinò agli uomini di disporsi in fila per due. Un soldato portò il cavallo al signore di Huelgoat, che lo inforcò dando il segnale della partenza.

Quando svanì la nuvola di polvere sollevata dai cavalieri, Galeran sentì il rintocco di una campana. La vedetta, appostata in cima alla cappella, avvisava gli abitanti che lo stato di allerta era finito e che potevano tornare alle loro occupazioni.

Come per miracolo, la vita riprese improvvisamente il suo corso. Galeran scorse la caratteristica sagoma di uno straccivendolo. L'ambulante, da poco arrivato al villaggio, vantava a furia di frottole i suoi nastri e le sue spille d'osso. I bambini ridevano spensierati ai lazzi dell'ammaliante venditore che riusciva a incantare così tanta gente.

I bretoni, il volto cupo, non si lasciavano abbindolare, ma prestavano comunque attenzione, domandando il prezzo di una fibula o di una matassa di filo di lino che mercanteggiavano a lungo senza tuttavia decidersi.

L'ambulante fungeva tra l'altro da messaggero, portando di villaggio in villaggio le notizie che riferiva a parenti o amici lontani.

Una vecchia della palude di Yeûn si era fermata con la sua carretta non lontano dall'ossario, e offriva *galettes* ricoperte di uno strato di miele dorato. Due bambini, la mano nella mano e gli occhi sfavillanti, si avvicinarono sbirciando i dolci con l'acquolina in bocca.

Poco distante, tre uomini discutevano il prezzo di un maiale ingrassato a ghiande.

Non solo gli abitanti di Lannédern vivevano all'interno del recinto parrocchiale, ma evidentemente il parroco aveva concesso loro il diritto di esercitarvi il commercio. Galeran, confortato da tutte quelle attività, allungò il passo verso la locanda.

Con i suoi muri di argilla e paglia, e il tetto di giunchi, la casa era più grande di quelle situate all'interno della cinta, ma niente faceva supporre che si trattasse di una locanda.

In realtà padre Gwen e soprattutto gli abitanti del villaggio la frequentavano per mangiare o bere lontano dagli occhi delle loro donne o dai piagnistei dei loro bambini.

Vi erano ammessi soltanto gli uomini e la sera, preparata la cena, il locandiere invitava moglie e figlie a ritirarsi perché i clienti potessero stare tra di loro.

Scoppiavano allora grandi risate, grida di collera o esclamazioni di meraviglia ai racconti delle avventure del gigante Gwer o di Edern, il protettore del villaggio.

La locanda contava tre stanze in tutto: una sala comune dove si cucinava e si accoglievano gli avventori, una camera in cui dormivano il taverniere e la sua famiglia e un ultimo ambiente con dei lettini di paglia dove potevano riposare i rari viaggiatori e i pellegrini che giungevano in quel luogo sperduto, bisogna ammetterlo, dei monti d'Arez. Soltanto i venditori ambulanti osavano avventurarsi da quelle parti.

Di fianco alla taverna era stato costruito un forno per il pane, utilizzato da tutti gli abitanti del villaggio. Il locandiere ne era responsabile e controllava che nessuno vi si accostasse fin quando non si era raffreddato.

Per sicurezza, su quel lato si entrava nella taverna soltanto attraverso una solida porta di quercia. Superata la soglia, si metteva piede nella sala comune e subito ci si accorgeva che l'unica finestra guardava il cimitero e che, sporgendosi leggermente, s'intravedeva l'ossario. Un buon motivo per abbandonarsi a lunghe conversazioni su Ankou...

Due lunghi tavoli posti su cavalletti, delle panche e una grande cassapanca intagliata alla bell'e meglio costituivano il mobilio del locale.

Il locandiere aveva disposto sulla terra battuta una serie di pietre piatte che occupavano il centro della stanza a mo' di focolare. Il fumo nero della torba fuoriusciva da un buco aperto nel tetto.

Sebbene fosse mattina presto, alcuni vecchi, il berretto

di lana calato fino sulle sopracciglia, avevano piazzato gli sgabelli vicino al fuoco e intrecciavano cordoncini di paglia per gli alveari. In disparte una donna anziana, senz'ombra di dubbio la madre del locandiere, cardava la lana in silenzio, lo sguardo perso nel vuoto, immersa nei suoi pensieri.

Alcune scodelle di legno erano state sistemate sul tavolo e candele di resina diffondevano una fioca luce.

Come fece il suo ingresso, gli occhi del cavaliere furono subito attratti da una ragazza che serviva due boccali pieni ai clienti accomodati.

Se quella era la figlia brutta e sporca di cui aveva parlato Drogon, certamente il primogenito di Broérec si era preso gioco di lui.

Quando si avvicinò, i paesani che confabulavano tra di loro a bassa voce tacquero di colpo. I vecchi interruppero il loro lavoro, fissando il nuovo arrivato.

« Vi saluto », disse Galeran. « Sono qui per parlare con il locandiere. »

Al che i clienti tornarono alle loro chiacchiere, mentre i vecchi ripresero a intrecciare. L'anziana donna invece non si era degnata nemmeno di sollevare la testa.

« Cosa desiderate, messere? » domandò la ragazza pulendosi le mani nella cotta di tela.

Il cavaliere era rimasto impressionato dalla bellezza delle donne di Lannédern. Non molto alte, avevano splendidi capelli color della torba e occhi grigi come la bruma. I loro soggoli di tela bianca mettevano in risalto la malinconica dolcezza dei visi.

Ma se le donne erano belle e gradevoli, quella ragazza le superava tutte. Arrivava a stento al petto del cavaliere e la vita era così sottile che Galeran avrebbe potuto cingerla semplicemente congiungendo le dita. La sobria cuffia bianca incorniciava un viso dai lineamenti così puri, da lasciarlo per un momento senza fiato. I meravigliosi occhi grigi della giovane erano arrossati per le lacrime versate.

«Voi siete Armelle, non è vero?» domandò Galeran salutandola con garbo.

«Sì, messere, sono io. Vado a chiamarvi mio padre.»

«No, aspettate un momento, ve ne prego», disse il cavaliere posandole una mano sul braccio. «Avrei da porvi qualche domanda sulla scomparsa di vostra sorella.»

«Non so niente, se non che è morta», mormorò la giovane sottraendosi alla presa.

«Perdonatemi, non voglio arrecarvi dolore.» Galeran esitò prima di proseguire. «Ma è importante che mi parliate dei figli del signore di Huelgoat.»

La ragazza emise un piccolo grido, come di un animale caduto nella trappola. «Siete arrivato insieme a lui, allora perché dovrei parlarvi dei suoi figli? Credete che possa riferirvi qualche informazione che loro già non vi abbiano dato?»

«Cosa vuole Drogon da voi?»

Nel momento in cui formulò la domanda, Galeran maledì la sua mancanza di tatto. Lo sguardo della giovane si era inasprito, i piccoli pugni premevano contro la cotta; rispose con voce cupa, gli occhi grigi fissi su quelli del cavaliere: «Vuole ingravidarmi, messere».

In quel preciso istante il locandiere attraversò la sala dirigendosi verso di loro: la figlia ne approfittò subito per sgattaiolare via.

«Siate il benvenuto, messere. Posso offrirvi una pinta?»

Galeran si volse verso l'uomo: «Molte grazie, ma dimmi, tua moglie si è ripresa?»

«Lo spero. È andata alla cappella con una vicina per rassettare e vestire la piccola Fanchon e per pregare. Tra poco i due bambini verranno seppelliti. Avete parlato con Armelle?»

«Sì, ma temo di averla turbata. Dille che non voglio farle alcun male.»

«È troppo sensibile, mia figlia. Ma le passerà. In cosa posso aiutarvi, cavaliere?»

«Volevo che Armelle mi parlasse di Drogon e del giorno in cui sua sorella è sparita. Se non la trovo uscendo dalla locanda, tornerò a cercarla più tardi. Addio e che il Signore protegga te e la tua famiglia.»

«Addio, messere, il Signore abbia cura anche di voi.»

Allontanandosi dalla taverna, Galeran si guardò attorno e intravide la figurina di Armelle cercare rifugio nell'ombra del bosco. Correva come una cerbiatta braccata e il cavaliere si pentì di averla intimorita a tal punto.

Un nitrito familiare gli giunse alle orecchie: un valletto d'armi veniva verso di lui tenendo per le briglie Quolibet e un altro cavallo.

«Messere! Sire Broérec mi ha mandato a dirvi che vi attende al castello. Ho il compito di riaccompagnarvi.»

«Allora andiamo, non facciamolo aspettare», rispose Galeran che cominciava ad averne abbastanza della sollecitudine un po' invadente di Broérec.

Quindi montò in sella, imitato dal valletto che salì in groppa a uno di quei piccoli ma robusti cavalli da guerra che i bretoni amano tanto.

Capitolo 13

Il ragazzo, solitamente così tranquillo, camminava su e giù per la piccola stanza. Le sopracciglia aggrottate e l'espressione accigliata rivelavano tutta la sua rabbia.

«Ma perché non mi lasciate uscire?» domandò alla fine, esasperato.

«Devi imparare a difenderti; quegli uomini hanno le mani sporche di sangue. Sono immorali e ti corromperanno, Kaourintin!»

«Non ho paura del peccato, e Dio mi è testimone, Withénoc!»

A differenza degli adolescenti di Lannédern, Kaourintin era di carnagione chiarissima. I suoi capelli erano corti e ricci, gli occhi limpidi. Sprigionava una luminosità, ma anche una forza e una volontà fuori del comune. Withénoc, evitando il suo sguardo, insistette: «Il mio dovere è di proteggerti, anche da te stesso».

«Ma siamo già una trentina e i contadini non potranno più sfamarci nemmeno se li contraccambieremo con il lavoro. Ne siete consapevole?»

«Certo, partiremo presto.»

«Non potete tenermi sempre in gabbia, Withénoc!»

«Ma chi ha mai parlato di gabbia o di prigionieri? Non io, Kaourintin: voglio solamente il vostro bene.»

«Devo parlare ai ragazzi. È arrivato il momento di andarsene, la bella stagione sta finendo...»

«Non adesso, dammi retta!»

Il tono di voce del monaco si era fatto così minaccioso che il giovane rimase in silenzio. Si lasciò cadere sulla lettiera dove dormiva e si prese la testa tra le mani.

Più il tempo passava, più il monaco gli pareva inquietante.

Quando aveva abbandonato tutto, villaggio, famiglia e gregge, per predicare la sua personale crociata per le strade di Bretagna, Kaourintin non pensava di ottenere un così grande seguito. All'inizio erano in quattro o cinque, adesso superavano la ventina: ragazzi che credevano in Dio e nella Gerusalemme celeste, che non tolleravano più la miseria della propria esistenza. Ragazzi in cerca di avventura, che alla sola parola «Oriente» iniziavano a fantasticare. Tutti l'avevano seguito, abbandonando le loro capanne o le case di pietra per il miraggio di una crociata, la loro crociata!

L'energia che Kaourintin sprigionava, la facilità con cui sapeva trovare le parole giuste avevano infiammato tutti quegli adolescenti che l'avevano raggiunto per liberare, così dicevano, la Terra Santa.

Un giorno, mentre predicava al mercato di Carhaix, quell'uomo che indossava il saio dei cluniacensi gli si era presentato offrendo il suo aiuto in nome della fede. Kaourintin, lusingato per essere stato scelto da un monaco, cluniacense per di più, aveva accettato la sua compagnia.

Da quattro mesi viaggiavano insieme, ma poco alla volta il loro rapporto si era incrinato. Col tempo il giovane aveva dovuto piegarsi alle imposizioni di Withénoc sino a raggiungere con il suo drappello di adolescenti quell'angolo sperduto dei monti d'Arez.

Fortunatamente gli abitanti di Lannédern li avevano accolti con benevolenza, ospitandoli in una stalla e nutrendoli in cambio di lavoro.

Le donne, in particolare, si erano impietosite di fronte alla giovane età e alla fragilità di quei nuovi «crociati» sorretti da una fede ardente.

Ma c'era qualcosa che non quadrava, e Kaourintin si era

persuaso che Withénoc conoscesse da lunga data il parroco.

Era sempre gentile, padre Gwen, ma la presenza del monaco sembrava paralizzarlo dalla paura, e poi Withénoc, senza parere, lo seguiva e lo spiava ovunque. Così in tre mesi il giovane pastore non era riuscito a parlare una sola volta con il parroco di Lannédern. Le rare occasioni in cui il monaco si era assentato, padre Gwen aveva fatto di tutto per negarsi a Kaourintin, quasi avesse la lebbra.

E poi... quei ragazzini scomparsi senza lasciare la minima traccia!

In una simile avventura era normale che alcuni si scoraggiassero e decidessero di tornare sui loro passi abbandonando la crociata, ma Kaourintin non riusciva a capire per quale motivo i figli di Janik di Saint-Herbot se ne fossero andati.

Credevano così intensamente in Dio e in quella spedizione! Il giovane pastore si era perciò recato di nascosto a Saint-Herbot per vedere se i due vi avessero fatto ritorno. No, laggiù continuavano a cercarli, allora che cosa era successo?

Una mano vigorosa si posò sulla spalla di Kaourintin che, immerso nei suoi pensieri, sobbalzò.

«Perdonami, sono stato duro con te», gli disse Withénoc con la consueta voce roca. «Ho promesso di aiutarti, se ricordi, ma devi darmene la possibilità. Tra l'altro, non mi piacciono Broérec e quell'arrogante di suo figlio, e anche quel cavaliere che era con loro mi sembra un po' troppo curioso.»

«Neanch'io li stimo», concordò il giovane pensando alla dolce Armelle, costretta a sfuggire a quel bruto che la voleva violentare in nome dello *ius primae noctis*, come se non fosse altro che una serva.

«Vieni, Kaourintin, torniamo dai bambini. Gli uomini di Broérec se ne sono andati», disse Withénoc.

Il monaco e il pastore uscirono dalla cinta e furono subito raggiunti dai ragazzini che corsero loro incontro per stringere le mani di Kaourintin e trascinarlo alla stalla, la più lontana dalle mura.

Costruita in legno, poteva contenere una trentina di capre. La parte inferiore, dove riposavano le bestie durante la notte, era sormontata da un assito su cui i contadini ammassavano il foraggio per l'inverno, ma dove al momento alloggiavano i piccoli crociati. Eccetto due o tre adolescenti malati che venivano ospitati nelle case, gli altri si erano sistemati adagiando sul fieno i loro pochi stracci.

In tutto erano ventidue ad aver raggiunto il pastore, e altri continuavano ad arrivare attratti da una forza misteriosa.

Kaourintin salì agilmente la scala che portava al piano superiore della stalla.

C'erano bambini dappertutto: annidati tra i cumuli di fieno, giocavano a dadi sul pavimento. I più piccoli sbadigliavano ancora, gli occhi pesti di sonno.

La mattina, le donne venivano a portare loro *galettes* e latte di capra. Ma l'allarme lanciato dalla vedetta e l'arrivo del signore di Huelgoat avevano messo tutti in agitazione. Nonostante gli ordini di Withénoc, che aveva ingiunto ai ragazzi di non muoversi da lì, alcuni erano andati a vedere cosa stesse succedendo, per poi tornare a rifugiarsi nella stalla al riparo da sguardi indiscreti.

Molti si alzarono all'arrivo del giovane pastore: lo circondarono toccandolo, baciandogli le mani.

«Kaourintin, quando partiamo per Gerusalemme?» domandò una bambina che l'aveva afferrato per la manica.

«Presto, piccola mia», rispose lui con dolcezza sfiorandole la guancia con le dita. «Presto, te lo prometto...»

Si sedette su un cumulo di fieno al centro della stalla, com'era sua abitudine. La bambina si accovacciò insieme ad altri ai suoi piedi. Alcuni presero posto sulle travi di legno per dominare la scena. Tutti erano attenti.

«È da diverse lune che siamo qui!» incominciò Goranton, che come Kaourintin proveniva da Daoulas. «Perché fermarci oltre?»

«La gente del posto è molto cortese, ma l'inverno è alle porte e non avranno più lavoro da darci nei campi o con le bestie. Presto si stancheranno di ospitarci se non gli serviamo... quindi dobbiamo partire; è in Terra Santa che c'è bisogno di noi», gridò una ragazzina con tono deciso. «Hai detto tu stesso che il viaggio sarà lungo e pericoloso, quindi perché rimandare ancora?»

I ragazzi seduti su una trave approvarono rumorosamente: «Anna ha ragione, vogliamo partire, Kaourintin! Portaci a Gerusalemme».

«È Withénoc che vuole restare qui», disse il pastore.

«Non è lui che seguiamo, ma te!» ribatté con foga Goranton.

I bambini, che non amavano il monaco e anzi ne avevano paura, pestarono i piedi con forza.

«Hai ragione, Goranton, ma Withénoc ritiene utile aspettare che altri ingrossino le nostre file. Inoltre, e tu lo sai, molti hanno fatto un viaggio rischioso per unirsi a noi. Dobbiamo concedere loro il tempo di riposarsi.»

«So bene queste cose, Kaourintin, le hai già dette, ma a me sembra che tre mesi in questo villaggio siano eccessivi, e poi l'inverno è ormai prossimo!»

«Non dobbiamo aspettare i mesi freddi: gli abitanti non saranno in grado di sfamarci, siamo troppi!» incalzò un ragazzino tarchiato che poteva avere più o meno quattordici anni.

«I compagni malati si sono ormai ripresi; e se è necessario ce li caricheremo in spalla», aggiunse Goranton. «Non è vero, ragazzi?»

«Sì, sì», risposero tutti in coro.

«Credi che vogliamo tornare indietro, Kaourintin?»

Una bambinetta, arrivata con il fratello da Braspartz da una settimana, scoppiò in lacrime. Lui l'abbracciò per consolarla e disse al pastore in tono di rimprovero: « Ha paura di essere costretta a tornare indietro. Noi siamo scappati per raggiungerti: il nostro signore ci ucciderebbe. Non vogliamo più fare i servi della gleba. Noi siamo liberi, Kaourintin, siamo i bambini del Re del Cielo, guidaci... »

Il pastore, commosso, stava per rispondere quando Withénoc fece la sua comparsa. Aveva sentito tutto e la sua voce era aspra, sebbene si sforzasse di sembrare amabile: « Volete partire allora? »

« Sì », risposero i bambini in coro.

« Va bene, è deciso, partiremo. »

« Ma cosa dite? Soltanto poco fa... » Il giovane pastore si era girato stupito verso il monaco.

« Ho cambiato opinione, Kaourintin. Credo che tu abbia ragione, come loro d'altronde! » disse indicando i bambini.

« Non potevate darmi gioia più grande, Withénoc! » Poi, rivolgendosi ai compagni: « L'Oriente ci aspetta, ragazzi, la Terra Santa. Urrà, urrà! » proclamò felice il pastore.

Un tumulto di grida e calpestio di piedi gli fecero eco.

Kaourintin si alzò tendendo le braccia verso i bambini e cominciò a declamare con fervore: « Vedo un nuovo cielo, una nuova terra. Ecco la dimora di Dio e degli uomini... Egli asciugherà tutte le loro lacrime: non ci sarà più morte, né pianti, né grida di dolore; nulla di tutto questo esisterà perché il vecchio mondo sarà scomparso ».

I bambini gli s'inginocchiarono attorno: lo fissavano con gli occhi sgranati, incantati da quelle parole che non si stancavano mai di ascoltare.

« Mi ha mostrato la Città Santa, Gerusalemme, che scendeva dal Cielo, dalla dimora di Dio, con in sé la gloria di Dio. Risplendeva quanto una pietra preziosa, come diaspro cristallino... Non teme il confronto con la luce del sole e della luna, perché la gloria di Dio l'ha illuminata... Nessun peccato potrà abitarla, né chi commette infamie e iniquità... »

TERZA PARTE

Ma guardati assolutamente dal mangiare il sangue,
perché il sangue è la vita.
DEUTERONOMIO 12, 23

CAPITOLO 14

IL GIORNO SEGUENTE il sole non si era ancora alzato in cielo quando Broérec entrò nello stanzino dove dormiva il cavaliere, gettando sulla sua branda una tunica, una calzamaglia e una schiavina dall'incerto colore.

«Ecco i vestiti per la caccia. Appartenevano al nostro vecchio battitore. Credo non siano mai stati lavati. Ne sentirai la puzza tanto quanto la selvaggina che s'aggira in queste terre.» Si abbandonò a un'irrefrenabile risata, poi proseguì: «È vero, anche se non ho un olfatto fine, emanano un odore davvero nauseante! Forse perché era solito strofinarli con escrementi di cervo...»

«Era solito?»

«Si è fatto sventrare da un cervo reale durante la nostra ultima battuta di caccia!»

«E vorresti darmi questi vestiti per passare inosservato!» esclamò Galeran.

«È un'idea di Drogon.»

«Be', se non ti sembra sconveniente, preferisco indossare i miei. Li imbratterò di terra ed erbe, come è tradizione in Léon. Che Drogon segua le sue abitudini, e io le mie!»

«In fin dei conti hai ragione, sentiti libero di fare ciò che vuoi.»

«Hai rivisto Jestin al castello dopo la giornata di ieri?»

«No, solamente Drogon», rispose Broérec scuro in volto. «Jestin non è rientrato, e poiché è partito ieri mattina devo ammettere che la sua assenza mi preoccupa.»

«Un sentimento che raramente alberga nel tuo animo», osservò Galeran infilandosi la tunica. «Andiamo, non sarà certo la prima volta che tuo figlio dorme fuori la notte...»

«No. Ma come hai potuto notare, Jestin non assomiglia per nulla al fratello. È l'opposto. E poi mi ha sempre salutato la mattina prima di allontanarsi. La sua assenza non è normale», proseguì, la fronte segnata da una ruga d'inquietudine. «E se gli fosse toccata la sorte di quei poveri ragazzi?»

«Suvvia, mi sembravi più di buonumore poco fa! Sii ragionevole, Jestin manca soltanto da ieri mattina!»

«Forse», brontolò Broérec, «ma questa notte non hanno smesso di tormentarmi quei terribili omicidi e le tue parole di ieri. Mio Dio, tutte quelle morti, quelle sparizioni. Ti giuro che non ero a conoscenza di questi eventi, non so più cosa pensare!»

«Ascolta, amico: i bambini trovati morti erano molto più piccoli e molto meno svegli di Jestin. Inoltre erano figli di contadini e non di signori, e questo, secondo me, vuol dire qualcosa... Ma ne parleremo più tardi», tagliò corto il cavaliere. «Inoltre Jestin è un bel ragazzo: si sarà imbattuto in una pastorella qui nei dintorni.»

L'altro scosse la testa: «Impossibile, non è tipo da scappatelle. Non l'ho mai visto corteggiare una ragazza. Ha più le abitudini di un monaco, che di un dissoluto».

Il cavaliere era pensieroso: Jestin era la sola persona al mondo per cui Broérec si preoccupava tanto. Forse, semplicemente, l'unica che amava.

«E Drogon?» domandò. «Non era qui quando siamo rientrati da Lannédern. Non potrebbero essersi allontanati insieme?»

«Insieme, loro?» Il tono di Broérec era ironico. «Ma se sono come cane e gatto! No, si detestano. Non volevo dirtelo, ieri, tuttavia sapevo che Drogon non sarebbe stato qui al nostro rientro al castello. Fa sempre così prima di una battuta di caccia.»

« E perché? »

« Lui e Thustan amano troppo l'arte venatoria per non prepararsi a dovere. »

« In che senso? » chiese Galeran, calzando la schiavina di pelle sopra la tunica.

« Lo vedrai », rispose Broérec. « Sei pronto? »

« Sì, andiamo. »

« Ti ho riservato uno dei miei archi migliori e delle robuste frecce. Se non ricordo male, eri un buon tiratore! »

« Ti riferisci al cinghiale che ci ha messo in difficoltà a Vitré? »

« Sì, nonostante la sua forza, la tua freccia l'ha centrato: si è scagliato contro di noi, ma era già morto. Un bel colpo, veramente! » sentenziò Broérec battendo una mano sulla spalla del cavaliere.

Giunti nel cortile, Galeran comprese cosa intendeva dire il vecchio compagno d'armi parlando dei preparativi di Drogon. Il giovane indossava soltanto una cintura di cuoio da cui pendeva un lungo coltello e aveva il corpo ricoperto da uno spesso strato di argilla nerastra. Anche i capelli biondi e la barba erano imbrattati al punto che non si riusciva a distinguerli. Selvaggio, irriconoscibile, i muscoli tesi, andava e veniva come un animale in gabbia.

« Salute a voi, Drogon », disse il cavaliere avanzando verso di lui. Il giovane, da cui emanava un odore fetido, non gli rispose, anzi lo guardò come se non lo avesse mai visto prima di allora: le pupille dilatate, sembrava sotto l'effetto di qualche droga.

Broérec, avvicinatosi a Galeran, lo spinse verso la porta carraia, indicandogli con un breve cenno del capo una serie di archi e faretre allineati lungo il muro di cinta.

« Ecco il tuo », disse poi tendendogli un fodero che conteneva un arco corto e una faretra piena di frecce dall'impennaggio azzurrognolo.

Galeran estrasse l'arco. Piccolo, fatto di legno flessibile e di nervi incollati, era una bella arma. Lo tese e ne verificò la resistenza prima di riporlo e di assicurarsi che non mancassero corde di ricambio. Poi, infilatoselo a tracolla, prese dalla faretra sei frecce e ne esaminò l'asta e la punta.

«Come ti sembra?» chiese Broérec che l'aveva osservato mentre controllava l'arma.

«Efficiente. La curvatura è buona e consentirà un tiro lungo. Grazie.»

«Tieni, prendi», disse Broérec tendendogli un guanto di cuoio, «è di Jestin. L'ha lasciato sulla sua cassapanca. Dovrebbe andarti bene.»

Il cavaliere calzò il guanto sulla mano destra, verificò che la daga pendesse dalla cintura, quindi si dichiarò pronto.

In quel momento la tarchiata figura di Thustan irruppe tra di loro. Con una mano teneva i mastini che strattonavano frementi le catene. Seminudo, il corpo ricoperto di argilla proprio come Drogon, si avvicinò a Broérec mormorandogli qualcosa all'orecchio.

Si era sbarazzato di tutto, a eccezione dell'ascia che portava infilata in un'alta cintura nera stretta all'addome, e del corno da caccia che teneva a tracolla. Anche lui aveva intrecciato i capelli e la barba in modo da non esserne ostacolato nella corsa.

Galeran ricordò di aver sentito parlare di battitori che cacciavano nudi per mimetizzarsi con la selvaggina, anche se tale usanza era tipica più delle genti che vivevano al di là del Reno. Forse era stata introdotta dalla bella valchiria di Broérec.

Ecco una teppaglia che non vorrei mai incontrare di notte sulla mia strada. Si direbbe che questi uomini abbiano venduto la loro anima di cristiani! pensò il cavaliere memore degli avvertimenti del padre.

«Thustan ha individuato l'area da cui provengono i bramiti. Secondo lui, si tratta del cervo reale che ci è scappato già diverse volte», disse Broérec avvicinandosi a Galeran. «Si trova a più di due leghe da qui. Saremo in quattro per questa battuta. Thustan condurrà l'inseguimento e mi stupirei se riuscissimo a strappare la stoccata del colpo di grazia a Drogon, che non vi rinuncia mai.»

«Chissà...» fu il commento del cavaliere.

Capitolo 15

Al segnale di Drogon, la porta carraia si aprì lasciando passare i quattro uomini.

Thustan con i cani si era messo alla testa del piccolo drappello, dando il via alla battuta. Non si sentiva nemmeno il fruscio dei suoi piedi nudi sul terreno umido.

La foresta era ancora grigia e nera, un gioco di ombre e penombre. L'alba, sebbene non facesse ancora chiaro, stava per sorgere.

I quattro avanzavano celermente, tenendo pronti gli archi. Lontano echeggiavano i lamentosi versi degli uccelli che annunciano il giorno. A Galeran sembrò di aver imboccato il sentiero che portava alla strada romana per Carhaix, ma ben presto Thustan, che era sempre davanti, svoltò a destra.

Improvvisamente si bloccò, la fronte madida di sudore.

« Ascoltate, è lui! » mormorò.

Uno strano silenzio era calato sulla foresta, anche gli uccelli si erano di colpo chetati. Lontano risuonava il selvaggio richiamo di un cervo in amore. Era difficile ipotizzare a quale distanza si trovasse: il bramito era così potente che lo si poteva udire nel raggio di diverse leghe. Rimbombò a lungo, moltiplicato dall'eco, in un fragoroso crescendo finché all'improvviso non si placò del tutto.

Il cavaliere sentì il battito accelerato del suo cuore: quel grido, quell'urlo di guerra, era così selvaggio da suscitare inevitabilmente pensieri inquietanti.

I due mastini si erano rizzati, i nasi al vento, e fremevano d'impazienza in attesa di un segnale del padrone, che aveva preso le catene dalla mano di Thustan. Gli uomini ripresero il cammino raggiungendo ben presto un tratto più aperto. Era ricomparso il sentiero che serpeggiava tra le rocce, mentre la vegetazione si era diradata.

Thustan grugnì e, curvatosi, partì di corsa dritto davanti a sé. Si stentava a credere che un uomo così robusto e di gamba corta potesse essere tanto agile. I cani strattonavano le catene, ma Drogon li teneva saldamente. Poi i tre raggiunsero Thustan che si era fermato all'ombra, al limitare di una radura.

Nel bel mezzo del paesaggio, rischiarato ormai dall'alba, luccicava uno stagno le cui sponde recavano ancora i segni del passaggio di animali notturni. Drogon lasciò liberi i cani che si precipitarono ad annusare, per poi tornare indietro in pochi salti al richiamo del padrone. Questi, dopo averli rimessi alla catena e legati al tronco di un albero, diede loro un ordine perentorio. I mastini si accucciarono, ansimando rumorosamente e appoggiando le enormi teste sulle zampe. Gli occhi brillavano feroci, ma non osavano disubbidire.

« Perché li ha portati con sé se poi li lascia qui? » chiese Galeran.

« Drogon si è ripromesso di non lasciarsi mai sfuggire una preda. Per il cervo reale non ha bisogno dei cani, ma se venisse ucciso, dovremmo sguinzagliarli perché possano vendicare la sua morte. »

« Capisco », mormorò Galeran.

Si erano rimessi in marcia, lasciando i mastini nella radura. Il cervo doveva essere ormai vicino. Avevano lasciato la fortezza da molte ore, e Galeran sentiva il sudore colargli lungo il volto e dalle ascelle. L'eccitazione della caccia lo distraeva dalla stanchezza che a poco a poco stava infiacchendo i suoi muscoli.

Al segnale di Thustan, i tre rallentarono. Poi si fermarono di colpo. Si era alzato il vento: poteva essere un bene per i cacciatori o, al contrario, uno svantaggio perché il fine odorato dell'animale poteva avvertire la loro presenza anche da molto lontano.

Drogon fece cenno ai compagni di stendersi a terra, quindi s'inginocchiò accanto a Thustan. Il cavaliere era stupito: Broérec, che non perdeva occasione per dimostrare le proprie doti di comando, rinunciava a condurre la battuta e lasciava quel privilegio al primogenito e a Thustan.

Davanti a loro si stagliava una collina dalla fitta vegetazione, serrata alla base da massi rocciosi.

«Il branco vive là. Ormai siamo vicinissimi. Il vento è a nostro favore, ma è meglio aspettare un po' per vedere se cambia direzione», disse Broérec allungandosi e poggiando un orecchio sulla terra umida di rugiada.

Dalla cima della collina risuonò un cupo bramito: il cervo era insieme al branco, forse aveva sentito avvicinarsi un altro maschio. Si udiva il rumore di rami spezzati, scalpiccii, tonfi sordi e i versi acuti dei cerbiatti: il branco era numeroso. Alla fine un possente bramito echeggiò nuovamente.

«Com'è minaccioso, hai sentito?» mormorò Galeran.

«Sì, dev'essere un vecchio maschio; forse è quello che ha ucciso il battitore. Un animale di sette anni, più astuto di un pensiero malvagio.»

Thustan si era intanto inerpicato su per il pendio, seguito da Drogon. Era difficile individuare i due corpi nerastri che strisciavano come rettili sul terreno umido.

Broérec e Galeran li raggiunsero in una piccola radura delimitata da una siepe di arbusti e di rovi. Il posto era ideale e sufficientemente aperto per avvistare il cervo, qualora l'animale si fosse diretto verso quella sorta di barriera che ne avrebbe ostacolato l'avanzata.

I quattro cacciatori si alzarono con cautela, senza far rumore. Thustan fece segno ai compagni di arretrare di qualche passo. Adesso era solo in mezzo alla radura, saldamente piantato sulle sue gambe storte, il corno alle labbra.

Il cavaliere mise due frecce sotto il piede sinistro per poter tirare più rapidamente senza dover distogliere lo sguardo dal bersaglio.

Il corno emise un suono grave, simile al bramito: un segnale di sfida al grande cervo inquieto nascosto sulla collina insieme al branco.

Thustan cominciò a battere i piedi e a tirare colpi di piatto con l'ascia su un vecchio ceppo, imitando la frenesia del maschio in amore.

Il corno emise un secondo richiamo ancor più rauco e più rabbioso del primo, che imitava il bramito alla perfezione. Un buon battitore infatti sa che un adulto non è attirato da un verso troppo acuto, tipico di un animale debole e giovane. Il richiamo rauco di un maschio in età era una sfida che il cervo non poteva ignorare.

La risposta non si fece attendere.

I cacciatori, immobili e con i muscoli tesi, udirono immediatamente l'eco di un verso prolungato e gutturale che replicava alla provocazione di Thustan. Dopo un breve silenzio, durante il quale sembrava che la foresta stessa avesse trattenuto il respiro, rimbombò uno scalpiccio sordo, come se una valanga di rocce rotolasse nella loro direzione dalla cima della collina.

Il terreno e gli alberi tremarono sotto i colpi degli zoccoli. Il grande cervo, infuriato, si scagliò contro i cacciatori, distruggendo con i palchi tutto ciò che trovava sul suo passaggio, frantumando la ramaglia con la sua pesante massa, sradicando gli arbusti che ne intralciavano la corsa. La sfida era stata raccolta.

Un odore acre investì i quattro battitori. Nel fracasso di

rami spezzati, il cervo, dopo aver scavalcato la siepe, puntò dritto su Thustan, che rotolò di lato mentre tre archi scoccavano simultaneamente le frecce che andarono a conficcarsi nel fianco dell'animale. Il dorso sudato, gli occhi fuori dalle orbite, i denti pronti a lacerare il nemico, il cervo reale – mai Galeran ne aveva visto in vita sua uno così enorme – continuò la sua corsa contro i tre, incurante delle frecce che oscillavano nella sua carne.

Il cavaliere e Broérec non fecero in tempo a tirare la seconda freccia. Guardarono, senza poter intervenire, Drogon che, gettato l'arco a terra, si era messo a correre incontro al vecchio animale urlando selvaggiamente.

Sconcertato dalla presenza degli uomini, il cervo sembrò esitare prima di caricare il giovane gigante che lo aspettava al varco. L'impatto sarebbe stato terribile. Galeran lasciò cadere il suo arco ormai inutile, portando la mano al coltello.

Dopo aver evitato il largo musello e i palchi acuminati, Drogon balzò di lato e, piantando la lama nel fianco robusto cui si aggrappò con tutto il suo peso, cercò di far perdere l'equilibrio all'animale.

Nello slancio impetuoso, non riuscendo a sbarazzarsi del cacciatore che lo trafiggeva con la sua lama, il vecchio cervo trascinò Drogon per la radura prima di piegarsi sulle ginocchia e crollare improvvisamente, sprizzando sangue nero dal fianco e dalla gola.

Emise un ultimo flebile bramito, mentre la testa cadeva a terra con un tonfo sordo.

Drogon, che non aveva mollato la presa, estrasse il coltello dalla ferita e cominciò a colpire il collo dell'animale, i cui occhi erano diventati vitrei.

Come impazzito alla vista del sangue, Drogon incollò le labbra alle ferite, succhiando avidamente la linfa nera dell'animale, che emanava un odore nauseabondo. Broérec, immobile, lo sguardo assorto, fissava il figlio inginocchiato. Quando questi si rialzò, il coltello sanguinante nella mano, il signore di Huelgoat si diresse lentamente verso la carcassa, immerse l'indice nella ferita aperta e, dopo essersi girato verso il figlio, gli tracciò una croce gocciolante sulla fronte.

Thustan, che era restato immobile durante il cruento confronto, aveva tagliato tre rami di quercia per rendere un'ultima volta omaggio alla preda e al vincitore. Li intinse nel sangue della ferita, posò il primo sul dorso del cervo, incastrò il secondo tra le sue mascelle e offerse il terzo a Drogon.

Galeran rammentò di aver inteso parlare di questa antica usanza praticata dai cacciatori di Corrado III.

Il cavaliere, che aveva raccolto le sue frecce per rimetterle nella faretra, si accostò all'animale.

Drogon stava affondando il coltello nell'ampio ventre per svuotarlo delle viscere che scivolavano sul terreno. Nonostante il fetore, ripulì con cura le cavità e tagliò i testicoli che offrì in omaggio al padre.

A un suo cenno, Thustan iniziò a mozzare il collo con precisi colpi d'ascia. Il sangue continuava a sgorgare, insozzando l'erba della radura ed effondendo ancora il suo fetido odore. Poi i due iniziarono a tagliare a pezzi l'animale. Galeran li aiutò e, a operazione conclusa, quando si girò per pulirsi, vide che Broérec se ne stava in disparte, il viso impassibile.

Si era seduto su un ceppo e non si era più mosso da lì dopo che era stato inferto il colpo di grazia. Sembrava perso nei suoi pensieri. Il cavaliere si rese improvvisamente conto di quanto il suo vecchio compagno fosse cambiato in quei dieci anni. Certo, raramente perdeva il cipiglio e l'arroganza che ne contraddistinguevano l'indole, tuttavia qualcosa in lui si era spezzato. Mai un tempo avrebbe lasciato ad altri la braccata o lo smembramento della preda, neppure al figlio!

E allora capì: Broérec vedeva in Drogon il suo maggiore rivale. E molto probabilmente ne aveva avuto conferma al ritorno dalla prigionia. Al di là delle maniere brutali, era dotato di una certa perspicacia e forse, quando aveva chiamato il cavaliere in suo aiuto, voleva soprattutto coprirsi le spalle dalle iniziative del figlio più che da altri pericoli.

Se Galeran non avesse preso parte alla battuta di caccia, probabilmente la giornata si sarebbe conclusa con una tragedia, e senza l'ombra di un testimone...

Broérec era sempre seduto sul ceppo, gli occhi persi nel vuoto.

La morte del cervo non lo aveva allietato. Il superbo animale aveva regnato a lungo sul branco, dominando di volta in volta i giovani rivali. La fine brutale non era durata che pochi secondi: adesso era una carcassa sanguinante su cui ben presto i mastini di Drogon si sarebbero avventati.

Broérec si alzò pesantemente: « È curioso », borbottò rivolgendosi a Galeran. « La caccia non mi dà più nessun piacere. »

Thustan, nel frattempo, era andato a liberare i cani, che subito si scagliarono sulle viscere dell'animale divorandole ferocemente.

Dopo aver disfatto la benda di tessuto che gli avvolgeva il fianco, un valletto vi avviluppò le carni sanguinolente che aveva tenuto da parte. Ciascuno se ne mise in spalla un pezzo da riportare al castello. Drogon invece si caricò sulla schiena le corna: sembrava Cernunnos, il dio dei Celti, incoronato dagli imponenti palchi.

I cacciatori presero il sentiero del ritorno in silenzio, Broérec pensieroso e Drogon spossato e barcollante per la stanchezza. Thustan si era attardato per sorvegliare i cani ancora alle prese con ciò che restava del cervo abbattuto.

Capitolo 16

Quando rientrarono, era pomeriggio inoltrato. Broérec si era subito precipitato a chiedere se il figlio cadetto avesse fatto ritorno. Ma non c'erano novità, e il signore di Huelgoat si ritirò senza proferire parola, portandosi nel letto bretone un nappo colmo della sua funesta bevanda.

Drogon non stava certo meglio e si era sdraiato per smaltire la droga e il sangue nero che gl'infiammavano le vene. Thustan e un valletto trasportarono la carne in cantina.

Quanto a Galeran, fece visita a Quolibet, cui era stato dato da mangiare e da bere, e gli cambiò la lettiera. Dopodiché si lavò al pozzo e si diresse alla torre per cambiarsi gli abiti da caccia sporchi di fango e di sangue. Giunto nel suo bugigattolo, scoprì che era stato messo a soqquadro.

Subito afferrò la scarsella e l'aprì. Il sigillo e i denari erano ancora al loro posto, ma la pergamena inviatagli da Broérec era scomparsa.

Non era che un semplice messaggio, si disse il cavaliere, chiedendosi chi poteva aver avuto interesse a impossessarsene... O si era trattato di un avvertimento? Lo scoprirò più tardi, decise. Nel frattempo, dopo una mattina del genere, ho lo stomaco che brontola. Andiamo a trovare il vecchio Cléophas, vediamo se ha qualcosa di commestibile da offrirmi!

Galeran scivolò giù per la scala fino alla cucina, dove

nella semioscurità intravide una sagoma pacificamente seduta accanto al focolare. Il vecchio girò impercettibilmente la testa, con aria infastidita. Teneva in una mano un'appetitosa *galette* avvolta attorno a una grossa salsiccia, nell'altra un grande coltello.

« Dunque, Cléophas, stai facendo bisboccia! » disse il cavaliere ridendo.

Il buonuomo strizzò maliziosamente i piccoli occhi grigi, puntando il coltello verso le travi annerite del soffitto: « Dormono tutti, lassù. È sempre così quando tornano da una battuta di caccia... me ne starò in pace fino a domani, sono ubriachi fradici! »

Fece finta di alzarsi: « Ma voi, messere, non avete preso quel miscuglio di erbe, né quella bevanda che sa di piscio. Se volete vi porto da mangiare nella vostra stanza ».

« No, Cléophas », rifiutò Galeran lasciandosi cadere sulla panca al suo fianco. « Vorrei dividere con te questa cena, che mi sembra eccellente... in tutta sincerità, assai migliore di quella che abitualmente servi al tuo padrone! »

Cléophas si alzò, l'occhio luccicante, e scoperchiò una specie di salatoio da cui estrasse mezzo prosciutto affumicato e delle invitanti *galettes* che offrì al cavaliere.

« Dovete capirmi, di selvaggina non ne posso più. Rovina lo stomaco: tutto quel sangue nero è un veleno. Molti ne muoiono. Suvvia, messere, servitevi, me l'ha mandato mia moglie dalla fattoria. »

Galeran aveva intanto preso dalla scarsella una borraccia di acquavite da offrire al vecchio cuoco, che accettò con piacere. Cléophas rovesciò la testa all'indietro e buttò giù un lungo sorso, come se fosse acqua sorgiva. Scuotendo la testa, si pulì la bocca con la manica. « Questa sì che riscalda », affermò ruttando, soddisfatto.

« Viene dalla mia terra, dal Léon », fece Galeran che stava tagliando spesse fette di prosciutto da accompagnare alle *galettes*. Il cibo era eccellente e il cavaliere lo divorò con avidità.

Al suo fianco Cléophas mangiava con calma. Aveva sminuzzato tutto in piccoli pezzi che deglutiva di colpo, avendo perso tutti i denti.

«Domani andrò al borgo», disse Galeran. «Vuoi che porti i tuoi saluti a tua moglie?»

«Ahimè», mormorò Cléophas, afflitto dalla solitudine. «Genovefa vive laggiù, mentre io sono qui... Broérec non vuole donne al campo.»

«Lo so, ma vuoi che le dica qualcosa?»

«Mia moglie, messere, non abita al borgo, sta alla fattoria con mio figlio. È vicino, ma non è lo stesso posto.»

Il vecchio aveva afferrato il braccio di Galeran e lo fissava pensieroso. Dopo qualche istante, quasi a malincuore, disse: «Lo so che siete venuto qui per quei bambini, messere, e io sono molto preoccupato per Jestin... ma è meglio non parlare qui. Bisogna diffidare di tutti, anche i muri hanno le orecchie!»

Cléophas tacque, scuotendo la testa con l'aria di chi la sa lunga, quindi bisbigliò: «Manderò il piccolo Titik ad avvisare Genovefa della vostra visita. Lei sa certe cose, e vi aiuterà se ci saprete fare. È una persona a modo, vedrete», aggiunse il buonuomo con un sospiro.

«Ti ringrazio, Cléophas», disse il cavaliere alzandosi. «Non angustiarti troppo. E poi, Broérec è fatto così, sempre in guerra con tutti!»

«Oh, ma lui non è malvagio come quel demonio di suo padre», lo difese il vecchio. «Vuol bene ai suoi figli, e questa è già una buona cosa. Quell'altro era Satana in persona: è morto nella foresta, solo come un cane. Ed è stato ritrovato, credetemi, con quella sua bocca insolente, nera come il carbone, come se fosse già all'inferno.»

Il buonuomo bevve un altro sorso d'acquavite e concluse: «Broérec ha sofferto molto a causa di suo padre e da quando ha perso la moglie... Speriamo non sia capitato nulla a Jestin!»

Galeran lo guardò con dolcezza: quell'uomo sembrava

non conoscere l'odio e il rancore. Sebbene Broérec l'avesse umiliato, degradato e separato dalla famiglia, Cléophas lo compativa, come se il padrone fosse del tutto estraneo alla sua infelicità.

Gli posò una mano sulla spalla: « Grazie, amico mio, per una volta la tua cena è stata davvero squisita... tieni, ti lascio la mia borraccia! »

Si affrettò a salire le scale e raggiunse la sua stanza. Sfinito, piombò in un sonno profondo.

CAPITOLO 17

IL GIORNO DOPO, all'alba, la fortezza era immersa nel silenzio. Galeran scese alle stalle per bardare Quolibet. Passando dalla cucina aveva preso di nascosto del prosciutto e una *galette* senza che Cléophas protestasse, per la semplice ragione che dormiva profondamente, la borraccia d'acquavite posata accanto a lui sulla panca.

Nel cortile scorse soltanto Thustan, che se ne stava accovacciato non lontano dalle stalle intento ad affilare la lama dell'ascia. Rispose al saluto del cavaliere con un grugnito e un'occhiata feroce.

« Allora, non sei molto loquace stamane! Stai pensando al tuo amico della foresta che non vede l'ora di tirarti il collo? » disse Galeran saltando in sella.

L'uomo si limitò a sputare sul filo della lama.

Il cavaliere si fece aprire la porta carraia da due valletti ancora assonnati. Uscito dalla cinta, non faticò a trovare il sentiero di Louarn e si diresse al piccolo trotto verso il borgo di Huelgoat.

Le vedette non avevano ritenuto di dover segnalare l'arrivo del cavaliere. Colonne di fumo s'alzavano dai tetti, l'atmosfera sembrava tranquilla. Galeran incrociò un ragazzo che con il suo cane portava un gregge di capre al limitare della foresta.

Alcune vecchie stendevano sulle siepi le lenzuola appena lavate o le posavano direttamente sull'erba, al sole. Due uomini armati di forconi sbucarono da una cascina e si pararono davanti al cavaliere, sbarrandogli il passo.

«Ehilà messere, dove andate?»

«Dalle mie parti è consuetudine prima di tutto presentarsi! Sono un cavaliere del Léon e vengo in pace al vostro villaggio.»

«A noi non piace molto la gente che si aggira nei paraggi e ancor meno i cavalieri», disse il più giovane, un tipo robusto dai capelli rossi.

«Il vecchio Cléophas mi aveva preannunciato un'accoglienza migliore», commentò il cavaliere mantenendo la calma.

«Ah, Cléophas... Non viene neanche più a far visita alla moglie e al figlio... ma basta, è lui che vi manda?»

«Puoi indicarmi come raggiungere la fattoria di Genovefa?» chiese Galeran.

I due esitavano ancora. Il cavaliere fece avanzare Quolibet, che con il muso diede una spinta ai forconi incrociati.

«Allora! Stiamo perdendo tempo! Dove abita la donna?»

«Superate quegli ammassi rocciosi, poi prendete a destra per il bosco, messere», rispose il più anziano abbassando il forcone.

«Grazie», disse il cavaliere salutandoli e spingendo il cavallo nella direzione indicata.

Sentiva su di sé gli sguardi ostili degli abitanti, ma nessuno ebbe il coraggio di fermarlo.

CAPITOLO 18

LA FATTORIA, come era chiamata, si trovava a più di una lega dal borgo, alla fine di un sentiero infossato. Vecchi alberi abbattuti da forti tempeste invernali giacevano a terra, ostruendo il passaggio in più punti. Altri, soffocati dall'edera, s'inchinavano pericolosamente sopra le felci e le ortiche della macchia. Poi i cespugli si diradarono e, dopo che Quolibet ebbe superato d'un balzo un terrapieno, cavallo e cavaliere si ritrovarono in un'ampia e ben tenuta radura, al cui centro sorgeva la fattoria.

Galeran osservò stupito l'imponente costruzione, che gli sembrò un vecchio granaio fortificato con le fondamenta in granito e le pareti di piccoli ciottoli ben murati. Probabilmente, anche in questo luogo erano passati i Romani.

Un vecchissimo muro circondava un grande cortile e le stalle dal tetto di paglia. A fianco giacevano le rovine di una torre quadrata che davano all'insieme una nota di tristezza e solitudine. Galeran scese da cavallo, e come s'incamminò verso la porta carraia notò che era socchiusa e che una figuretta lo stava spiando dalla fessura.

Il ragazzo gli andò subito incontro e lo salutò con sollecitudine.

«Posso prendervi il cavallo, messere? Mia madre vi aspetta dentro.»

«Sei dunque il figlio di Cléophas!»

«Avete detto bene: mi chiamo Yann.»

Aveva afferrato le briglie di Quolibet e, mentre lo accarezzava, chiese: « Avete un bel destriero, messere, lo usate in battaglia? »

Il ragazzo poteva avere quindici anni e i suoi occhi brillavano come due perle d'ambra.

« In effetti è un cavallo da guerra », rispose Galeran, « ma è eccezionale anche in tempo di pace! »

La stanza principale della fattoria era buia, rischiarata soltanto dalla luce che entrava dalla porta lasciata aperta e da una piccola finestra affacciata sul cortile. Ma era ben lastricata e ben ammobiliata, con due grandi cassapanche che contenevano qualche manoscritto e un salterio con il suo plettro. Sul grande tavolo lucidato erano disposti un boccale e delle coppe di stagno, delle *galettes* alle noci e un piatto di gres colmo di more.

La donna l'aspettava in piedi vicino al tavolo, alta e magra nella sua cioppa blu acceso. La cuffia di un bianco immacolato contornava un giovane viso, liscio come un ciottolo. Sembrava divertita dallo stupore di Galeran, che notò come le sue dita affusolate tremassero. Anche lui si sentiva nervoso: aveva finalmente trovato un testimone, forse il solo disposto a parlare, e si chiedeva quale atteggiamento avrebbe dovuto tenere per non infastidirlo.

Il cavaliere era imbarazzato. Dopo avergli versato dell'idromele, la donna lo invitò con un cenno garbato a sedersi al tavolo, quindi prese posto di fronte a lui.

« L'idromele è fatto con il miele dei miei tronchi », disse Genovefa.

« Con i tronchi? »

« Dalle vostre parti non si usa? Qui scaviamo i tronchi degli alberi in modo che le api vi si possano annidare. »

Annusata la bevanda, Galeran la portò alle labbra: dovette riconoscere di non aver mai assaggiato un idromele migliore.

La giovane si alzò per andare a chiudere la porta, poi si

affacciò alla finestra, guardando da una parte e dall'altra; sospirando soddisfatta, si risedette.

« Voi vi chiedete perché io viva qui... » disse Genovefa lanciando uno sguardo severo al cavaliere.

« Questa casa è molto isolata dalle altre, non mi sembra sicura. »

« Un tempo non era così, messere; c'era una piccola guarnigione e un terrapieno di protezione. Oggi ho tre garzoni e una vecchia serva con me, e posso dire di non avere nemici. »

« Capisco... ma Cléophas? »

Genovefa abbassò gli occhi, giocherellando con la catena d'oro che le pendeva dal collo.

« Il mio anziano marito? » chiese con un sorriso. « Bene, è arrivato il momento di dirvi tutto. Dovete sapere che mia madre era imparentata con una lontana cugina di Broérec. Aveva sposato un ricco mercante, originario di Bures, vicino alla Dives... una terra di paludi, ma piena di vita e non selvaggia come la Yeûn. Quando avevo dieci anni, i miei genitori e i servi furono uccisi nella foresta di Perche da una banda di predoni. Fui allora affidata a una zia di mio padre, Emmeline, che viveva a Caen vicino all'Abbaye aux Dames. Là ho imparato a leggere, a far di conto, a suonare uno strumento e ho studiato il latino. Quando dama Emmeline è morta – era molto vecchia, doveva avere più di cinquant'anni –, mi ha lasciato in eredità tutti i suoi beni. Avevo quindici anni, ero sola, ero ricca. È stato allora che è comparso Broérec. Disse che era il mio unico parente, si prese cura di me e mi portò alla sua dimora.

« All'epoca era giovane e molto bello. Si era appena risposato con dama Mechtilde e pensava che avrei potuto aiutarla ad amministrare la casa e tenerle compagnia. »

« Perdonatemi », l'interruppe il cavaliere, « Broérec era dunque già stato sposato? »

« Certamente. La sua prima moglie, poveretta, era morta dando alla luce quel farabutto di Drogon! »

Gli occhi di Galeran incrociarono quelli di Genovefa.

« È andata così, allora... » mormorò il cavaliere.

« Già », rispose lei alzando le spalle.

« Ma vi prego, continuate. Tutto questo è di estrema importanza. »

Ci fu un lungo silenzio prima che lei proseguisse il racconto con voce sommessa: « Se vedete quell'orrenda topaia che oggi è il castello non potete nemmeno immaginare come, all'epoca, dama Mechtilde e io l'avevamo trasformato. Si facevano grandi pranzi, c'erano balli e inviti. La foresta era splendida e ben curata, ci si poteva passeggiare in tutta tranquillità. Le terre rendevano perché anche i contadini ne traevano profitto e non erano vessati. Cléophas era giovane allora ed era l'uomo di fiducia di Broérec. Mi amava e io l'apprezzavo come marito perché mi ha sempre sostenuta e protetta. Avevo una ricca dote, cui messer Broérec aggiunse in dono la fattoria e i terreni contigui ».

La voce di Genovefa si era affievolita e la donna, persa nei ricordi, era diventata via via più pallida: « Com'è strana la vita, messer cavaliere », disse con tono spento. « Come avrei potuto immaginare che tutta questa felicità, tutto questo amore sarebbero andati in rovina in così poco tempo? Ma proprio questo è successo! »

Afferrò la coppa piena di idromele e la vuotò d'un fiato. « Sapete cos'è la gelosia, messere? »

« Sì, certo... »

« No, messere, la gelosia, quella vera, non la conosce nessuno! È un dolore intollerabile che ti corrode come la lebbra... e non c'è rimedio, perché ti consuma... »

Scosse la testa. I suoi occhi color ambra, gli stessi del figlio, fissavano il cavaliere. « Broérec si è ammalato di gelosia sposando Mechtilde. Certo, bisogna dire che la bella non era contenta di essere stata strappata con la forza alla famiglia. In un primo tempo, comunque, i tormenti del signore di Huelgoat non rappresentarono un problema. La guerra lo teneva spesso lontano, ma la freddezza della moglie non faceva che rafforzare i suoi dubbi e lo portò alla follia... Conoscete qualcuno che sia geloso dello sgabello su cui siede la sua dama, o del destriero che lei ama cavalcare al punto da arrivare a uccidere il povero animale? O addirittura a sgozzare l'adorato cagnolino? Ecco come si era ridotto Broérec. Aveva violato tante di quelle donne da immaginare con chiarezza quel che avrebbe potuto fare la moglie durante le sue assenze... Il poveretto ha pagato il fio del suo stesso peccato! »

Di colpo Genovefa tacque e sembrò che nulla avrebbe potuto indurla a infrangere quel silenzio.

Dopo un po' Galeran arrischiò: « Mia dama, vi ringrazio per le vostre confidenze, ma sono venuto per avere altre risposte... Potete dirmi se avete visto recentemente il giovane Jestin? Suo padre si sta disperando a causa della sua scomparsa ».

« Perché dovrei rispondervi? » chiese la donna con freddezza.

« Perché mi è stato detto che vi occupate spesso di lui e che l'avete aiutato a venire al mondo. »

« Se è per questo, l'ho anche allattato e gli ho insegnato a leggere e a scrivere. È istruito, non come quel barbaro di suo fratello. »

« È una ragazza molto intelligente, non è vero? » disse con dolcezza Galeran.

La donna sgranò gli occhi. « Non vi capisco! »

« Oh sì, mia dama, bisognerebbe essere ciechi per non indovinare chi sia veramente Jestin! »

« Cosa volete da me, cavaliere? » chiese Genovefa.

« La verità e come salvare Jestin... e con la sua molte altre vite! »

La moglie di Cléophas alzò le spalle: « Va bene, se è così ascoltatemi, perché poi non dirò un'altra parola. Come avete potuto constatare Broérec ha cacciato tutte le donne dalla sua casa, le trattava da meretrici, da depravate, da ruffiane... Poi si è infatuato di quel maledetto Thustan che è un diavolo, un lupo mannaro... Io mi facevo rispettare perché gli tenevo testa, ma quando ne ho avuto abbastanza ho lasciato il castello per trasferirmi alla fattoria. Allora si è vendicato su Cléophas, che è stato degradato nelle sue mansioni! »

« Tutto questo è tipico del personaggio... ma la moglie? »

« La poveretta riusciva a respirare soltanto quando il marito non c'era... ma sapeva che prima o poi uno di quegli attacchi d'ira le sarebbe costato la vita, anche perché Broérec aveva cominciato a bere troppo. Quando stava per partorire, lui è partito per andare a combattere, non so dove però. Allora è venuta alla fattoria a sgravarsi, io l'ho aiutata insieme a Cléophas. Quando abbiamo visto il sesso del neonato, non sapevamo più a che santo rivolgerci. Ho dimenticato di dirvi che qualche giorno prima, un suo cugino, messer Siegfried, era arrivato alla fattoria. L'avevo già visto dalle nostre parti l'anno precedente. Veniva dall'Harz, come lei, ed era scortato da una trentina di uomini bardati e armati fino ai denti. Un cugino, non so molto di più. Ma so che era bello e imponente come un arcangelo e dolcissimo con la moglie di Broérec. E so anche che cinque giorni dopo il parto alla fattoria non c'era più nessuno, né Mechtilde né messer Siegfried... Era rimasta soltanto la piccola Ninian! Cléophas e io avevamo perso il sonno! Allora mio figlio aveva sei mesi, così ho potuto allattare anche la piccolina... e alla fine abbiamo deciso che Ninian sarebbe diventata... Jestin. »

« Ma Broérec », chiese il cavaliere, « come ha reagito alla scomparsa della moglie? »

« Era stordito e in un certo senso sollevato, come un malato che improvvisamente guarisca dalle sue sofferenze. Non lo trovate paradossale? »

« Non gli avete detto nulla del cugino? »

« No, no di certo. Gli ho soltanto riferito che dama Mechtilde non aveva voluto aspettare il rito di purificazione, che era partita, scomparsa, che non la si era trovata da nessuna parte, che forse si era gettata nella Youdik... Allora Broérec ha scosso la testa e ha risposto, da pagano qual è: "Fosse anche andata all'inferno, io la cercherò!" Non dimenticherò mai come mi ha fissata e ho pregato perché non la ritrovasse.

« Ancora oggi la cerca, esce spesso di notte con quel lupo mannaro di Thustan. Sentendoli cavalcare a notte fonda, gli abitanti del suo feudo pensano che sia la caccia dei dannati che bussano di porta in porta! »

Così, pensò Galeran, quando dieci anni fa Broérec vantava la bellezza di Mechtilde ai suoi compagni d'armi, lei lo aveva già lasciato da tempo. E, adesso, dice a tutti che è morta...

« Dunque vi siete presa cura della piccola? » domandò il cavaliere.

« Sì, e a lungo. Ma Broérec si è affezionato al bambino. Non si è accorto di nulla, e ne è rimasto stregato. Ogni volta che poteva veniva a fargli visita. Bisogna dire che Ninian, cioè Jestin, ha sempre accettato il suo ruolo. Era più sana e robusta di mio figlio, sebbene fosse minore. È così per le ragazze, messere, poi i maschi crescono e diventano più forti. Un giorno Broérec, e prima o poi doveva capitare, ha deciso di portarla con sé al castello. »

Galeran si alzò e le si avvicinò: « Voi amate quella fanciulla: sapete che corre un grande pericolo? »

Genovefa tremò. « No », mormorò. « Finché terrò la bocca chiusa, non avrà niente da temere. »

« Ma anche voi, mia dama, siete in pericolo perché sapete troppe cose. Non volete lasciare questo luogo isolato? Potreste andare a vivere in una città con vostro marito, che è un uomo libero, e vostro figlio. Non vi mancano i mezzi... Oppure abbiate fiducia in me! »

La donna scosse la testa, scura in volto, e il cavaliere comprese che non avrebbe ottenuto altre informazioni.

CAPITOLO 19

A SAINT-HERBOT, dove Galeran si recò subito dopo, la rivolta stava per scoppiare. Gli abitanti del villaggio, avvisati dalle vedette, lo attendevano e gli sbarrarono il passo.

Il cavaliere frenò Quolibet e si ritrovò accerchiato da uomini e donne inferociti, armati di forche e bastoni.

La tragica morte di Fanchon, da poco seppellita a Lannédern insieme all'altra piccola vittima, aveva infuocato gli animi, prostrati dall'orrore che li attanagliava da diverse lune. Le ultime due morti erano la goccia che aveva fatto traboccare il vaso.

Era gente che aveva sopportato con coraggio le angherie e i soprusi di Broérec e dei suoi uomini, ma adesso non aveva più paura e ribolliva d'odio per colui che ormai veniva considerato il loro peggior nemico e un criminale abbandonato da Dio.

Galeran, che aveva subito compreso questo stato d'animo, si domandò se l'ostilità dei contadini si sarebbe riversata anche su di lui.

«Pace a voi», disse facendo avanzare Quolibet. «Sono un cavaliere e vengo dal Léon: mi chiamo Galeran de Lesneven, sono qui per aiutarvi.»

«Dimostratelo», gridò un vecchio mostrando il pugno. «Ieri eravate qui in compagnia del signore di Huelgoat e del suo sciagurato figlio, vi abbiamo visto!»

Un mormorio di approvazione si alzò tra i presenti.

«Se non mi credete, chiedete a padre Gwen di Lannédern, vi dirà chi sono.»

Al nome del parroco, gli animi si tranquillizzarono.

«Sono qui per trovare il colpevole di questi crimini e di questi lutti. Intendo scoprire chi ha ucciso Fanchon e gli altri innocenti, ma ho bisogno del vostro aiuto!» proseguì il cavaliere scandendo ogni parola.

«Voi siete amico di Drogon», affermò minaccioso un anziano indicando quel che restava della gamba azzannata dai mastini del figlio di Broérec. «È così che riscuote le taglie, con quei cani d'inferno!»

«Non sono amico di nessuno. Mio re è Cristo con la Sua giustizia, io ne sono il leale cavaliere! Voglio trovare l'assassino per punirlo: fosse pure il figlio del signore, o il signore stesso delle vostre terre, verrà giudicato con eguale rigore», rispose Galeran portando la mano all'elsa a forma di croce.

I contadini parvero impressionati dalla dichiarazione e dal portamento austero del cavaliere, che non somigliava a nessuno dei loro conterranei. Poi si scostarono per lasciar passare un uomo vestito di una tunica marrone, che ordinò loro di andarsene. In silenzio, i rivoltosi si sparpagliarono.

«Salute a voi, cavaliere. Perdonate questa accoglienza e venite nella mia dimora. Sono Gweltaz Ar Fur: qui mi considerano alla stregua di un capo.»

Nonostante la piccola statura, aveva un'aria solenne e grave. Il viso rugoso era contornato da una lunga barba bianca intrecciata secondo l'antico costume carolingio. D'istinto i due uomini capirono di potersi fidare l'uno dell'altro.

Il vecchio invitò Galeran a entrare nella piccola cappella trasformata in abitazione e chiuse la porta dietro di sé.

«Parliamoci chiaramente, cavaliere, non sono tipo da grandi discorsi. Voi state cercando l'assassino e noi vogliamo trovarlo. Come possiamo aiutarvi?»

«Apprezzo la vostra franchezza, Gweltaz. Vorrei che mi raccontaste cosa succede ultimamente da queste parti, a cominciare dalle prime sparizioni.»

«Sedetevi, messere», lo invitò l'uomo indicandogli una vecchia panca dove prese posto a fianco dell'ospite. Quindi riferì in poche parole ciò che Galeran sapeva già: i contadini si rifiutavano di sottomettersi alle corvée e di pagare le taglie loro imposte da un signore che non era in grado di proteggerli.

Gli raccontò inoltre come Drogon, che amministrava il feudo paterno al posto di Cléophas, pretendesse due volte la stessa taglia, aizzando i mastini contro i recalcitranti, e violentasse le donne, che non potevano più uscire dal borgo senza protezione. Soltanto Lannédern, difeso dal sacro recinto e soprattutto da padre Gwen, resisteva ai maneggi e all'avidità di Drogon.

Quando Broérec aveva fatto ritorno al castello, Drogon aveva temperato il suo atteggiamento, ottenendo così l'autorizzazione a continuare ad amministrare il feudo di famiglia.

Ma Gweltaz, che diffidava dei signori di Huelgoat, aveva istituito a difesa del villaggio dei turni di guardia in modo da sorvegliare giorno e notte sentieri e campagne.

Come lo stesso Galeran aveva potuto constatare, non appena i soldati si avvicinavano, Saint-Herbot e Huelgoat si svuotavano, non restava neppure una capra da portar via.

Gweltaz tuttavia, da uomo saggio qual era, si rendeva conto che non si poteva continuare così ancora per molto. E sapeva anche che, nonostante i suoi appelli alla pace, gli abitanti dei villaggi sarebbero un giorno arrivati alla resa dei conti con Broérec e con Drogon.

«E dell'altro figlio, Jestin, non mi avete parlato. Cosa pensate di lui?» domandò il cavaliere.

«Oh, Jestin è un ragazzo discreto: lo vedete apparire all'improvviso senza averlo sentito arrivare... e poi è stato educato da Genovefa, che l'ha cresciuto insieme al suo, e come lei è compassionevole e attento alla condizione della nostra gente: qui gode di una buona considerazione. Un inverno ci ha portato un carro pieno di torba perché non morissimo di freddo. Né Drogon né il padre sono a conoscenza di questo episodio. Quel ragazzo è un giusto.»

«L'avete visto di recente?»

«No, perché?»

«Non è rientrato al castello da ieri mattina. Promettetemi di avvisarmi se le vostre vedette lo avvistano.»

«Ve lo giuro, cavaliere.»

«Chi sono i bambini scomparsi dai vostri villaggi?»

«Quei due figli di Janik, due robusti ragazzi di dodici e quattordici anni, e un bambino a Huelgoat.»

«È successo qualcosa di anomalo quando sono spariti?»

«No, non mi sembra», rispose il vecchio saggio aggrottando le sopracciglia.

«Pensateci bene, Gweltaz, e se vi viene in mente qualcosa mandatemi Titik, il ragazzo che aiuta Cléophas: lui va spesso alla fattoria.»

«Avete incontrato Genovefa?»

«Sì, questo pomeriggio: Cléophas è fortunato.»

«È vero, ed era un bravo e bell'uomo quando amministrava il feudo. Avevamo un buon rapporto.»

«Per tornare a Genovefa, non penso che sia al sicuro alla fattoria; è troppo isolata.»

«Sì, e le ho proposto più volte di raggiungerci con il figlio. Ma è una testa dura, si è sempre rifiutata.»

«Se siete ancora d'accordo, insisterò perché accetti di venire qui nell'interesse del ragazzo: rischia troppo, e la mia presenza non migliora la situazione.»

«Sarà ben accolta, ve lo prometto. Ma cosa sta succedendo, esattamente?»

«Penso che gli assassini abbiano ormai capito di essere

braccati, che presto la musica cambierà e saranno loro le prede. E questo non gli conviene! »

« Non vi abbandoneremo, cavaliere! Vi daremo man forte quando ne avrete bisogno. »

« Vi credo, Gweltaz Ar Fur », disse Galeran alzandosi.

Il vecchio saggio sembrò riflettere, i suoi lineamenti si fecero tesi.

« Cavaliere, adesso ricordo... »

« Cosa? »

« Quello strano pastore, Kaourintin, che ora alloggia a Lannédern, è venuto a predicare anche qui. Era circondato da un gruppo di ragazzi... Ma da dove vengono tutti quei bambini? »

« Ci ho pensato anch'io, è per questa ragione che intendo tornare al villaggio. Che impressione vi ha fatto quel giovane? »

« Oh, lui sembrava sincero. Invece non mi è piaciuto affatto quel tale che lo accompagnava. Tanto ambiguo quanto il pastore sembrava cristallino... »

« Padre Gwen mi ha detto che Kaourintin è stato illuminato da Dio... »

« In realtà, cavaliere, il pastore predica la crociata! Vuole portare i bambini in Terra Santa! Non si cura dei pericoli che dovranno affrontare e del dolore dei genitori. »

« In Terra Santa! »

« Sì, e mi stupisco che in tanti abbiano lasciato partire i loro figli, a meno che... »

« A meno che i bambini siano fuggiti volontariamente per raggiungere Kaourintin, venendo anche da lontano », sospirò Galeran. « Devo andare a Lannédern, e subito. Amico mio, ho un brutto presentimento. Addio. »

« Che il Signore vi protegga, cavaliere. »

Capitolo 20

Quando Galeran arrivò a Lannédern, si accorse subito che qualcosa era cambiato, anche se non riusciva a capire cosa.

Vedendo padre Gwen venirgli incontro, si rese conto che il villaggio sembrava meno popolato rispetto alla sua visita precedente.

« Sono partiti, vero? »

« Sì, figliolo », rispose il parroco salutandolo.

« Scusatemi, padre, ho dimenticato l'educazione. Ma mi sto persuadendo che quei ragazzi siano la chiave di tutto ciò che ci angustia. »

« Cosa volete dire, cavaliere? »

Galeran scese di sella, legò la briglia a un ceppo e prese il vecchio parroco per un braccio.

« Padre, parlatemi di Withénoc. »

Il vecchio impallidì e rimase in silenzio.

« È partito insieme ai bambini, non è vero? » insistette il cavaliere.

« Quell'uomo è un demonio, e io sono colpevole, sono un grande vigliacco! »

« Lo conoscevate già? »

Padre Gwen sembrò esitare, un tremolio convulso gli agitava le mani.

« La vita di quei poveri ragazzi potrebbe essere in pericolo, non potete più rifiutarvi di parlare! » esclamò Galeran irritato.

«Non ne so molto», dichiarò il parroco. «L'ho conosciuto una decina d'anni fa a Landévennec.»

«All'abbazia benedettina? E cosa ci faceva lì?»

«All'epoca, vestiva il saio dei benedettini, e quando l'ho incontrato la prima volta era rinchiuso nelle segrete del monastero.»

«Imprigionato? Continuate, padre», lo invitò Galeran che aveva colto un'esitazione nelle sue parole.

«La nostra parrocchia dipende da Landévennec, e a quel tempo ero stato invitato dall'abate. Lo scriptorium dell'abbazia custodiva un evangelario molto antico e di grande valore. Quel manoscritto era scomparso e, cosa ancor più grave, un amanuense era stato trovato morto nella biblioteca. L'abate era certo che il colpevole fosse Withénoc, ma non aveva alcuna prova contro di lui. Lo aveva comunque rinchiuso in una segreta e pensava di affidarlo alla giustizia secolare.»

«Cosa accadde dopo?»

«Withénoc doveva avere dei complici all'abbazia, perché una mattina hanno trovato la porta della sua cella aperta e lui era scomparso!»

Padre Gwen tacque a lungo prima di proseguire: «Quando Withénoc è arrivato qui con Kaourintin, non l'ho riconosciuto subito, tanto abilmente si nascondeva il volto».

«E lui, invece, vi ha identificato?»

«Oh sì, e credo che non abbia scelto a caso questo villaggio. Ma voi dovete capire che di tutta questa vicenda io non so nulla di preciso. A Landévennec forse era stato vittima di una falsa accusa: non mi sentivo in diritto di giudicarlo. E poi, che Dio mi perdoni, quell'uomo mi fa paura», ammise il parroco.

«E dopo?»

«Dopo, ogni dubbio è svanito. Quando ha capito che l'avevo riconosciuto, mi ha minacciato di morte e soprattutto mi ha detto che avrebbe ucciso Kaourintin! Per questo non ho mai osato fare niente se non tenermi alla larga dal giovane pastore, perché lui non voleva che l'avvicinassi.»

«E il pastore come si comporta? Non sa con chi ha a che fare?»

«No, Kaourintin è un puro, un innocente.»

«Ma cosa può volere da lui un uomo come Withénoc?»

«Non ne ho idea, ma chiedete alla giovane Armelle, cavaliere. È amica del ragazzo Kaourintin, forse ne sa più di me.»

«Grazie padre, che Dio vi protegga.»

«Siete voi ad aver bisogno di protezione, cavaliere. Pregherò per voi e anche un po' per me», mormorò il vecchio prima di avviarsi a passi lenti verso la cappella.

Armelle sedeva su una panca di pietra davanti alla locanda dei genitori. Non aveva sentito arrivare il cavaliere che si era fermato non lontano da lei e la guardava.

«Vi auguro il buongiorno, damigella», disse cortesemente Galeran.

La giovane sussultò, come se fosse stata colta in fallo, poi si alzò immediatamente lisciandosi la sottana.

«Buongiorno, messer cavaliere. Non vi avevo sentito.»

«No», disse lui sorridendo, «eravate immersa, a quanto pare, in cupi pensieri.»

La ragazza non rispose e attese a capo chino.

«Non arrossite, Armelle. E non fuggite come la volta scorsa, perché ho bisogno del vostro aiuto.»

«E cosa posso fare, messer cavaliere?» domandò la giovane fissando Galeran con i suoi begli occhi grigi.

«Devo ritrovare Kaourintin e i bambini. Sono preoccupato per loro.»

Armelle impallidì portandosi una mano al petto. «È successo qualcosa a Kaourintin?»

«No, Armelle, non ancora, che io sappia, ma devo parlargli.»

«Sono partiti stamane, messere.»

«Lo so, me l'ha detto padre Gwen. Potete dirmi in quale direzione sono andati?»

La ragazza esitò un istante poi, come se avesse deciso di fidarsi del cavaliere, cominciò a parlare tutto d'un fiato: «Ieri sera ho incontrato Kaourintin. Mi ha detto che sarebbero partiti all'alba. Volevo andare con loro ma si è opposto. Sa bene quanto i miei genitori abbiano bisogno di me ora che Fanchon è morta».

Dopo un lungo silenzio, proseguì: «Mi ha confessato di aver avuto un alterco con Withénoc ieri; non si fida più di lui, ma non sa come sbarazzarsene, lo teme molto...»

«Che strada hanno preso?»

«Nessuna, mi sono alzata presto per salutare Kaourintin, ma se n'era già andato. Le vedette mi hanno riferito che avevano tagliato per il bosco in direzione di Roc'h Begheor. Ho provato a raggiungerli e, sapete la cosa strana, cavaliere, sono loro che hanno trovato me!»

«Spiegatevi meglio, Armelle.»

«Avevo perso ogni traccia e stavo tornando sui miei passi quando ho sentito un rumore di rami spezzati davanti a me: mi sono nascosta tra i cespugli e, credetemi, i ragazzi stavano venendo nella mia direzione!»

«Erano tornati indietro?»

«Stavano andando verso l'Ar Menez Reûn Dû: avevano fatto il giro dell'oca.»

«L'avete detto al pastore?»

«Non ho avuto il coraggio di parlargli. Camminava a fianco del monaco. Sono rimasta nascosta.»

«Pensate che si sia accorto di quanto era accaduto?»

«Forse. Kaourintin non è di qui ma ha un buon senso dell'orientamento, sa come muoversi. È quell'orribile monaco che sta tramando qualcosa, cavaliere.»

«Cosa avete fatto dopo?»

«Sono rientrata alla locanda. Mia madre sta così male

dopo l'omicidio di mia sorella, morirebbe se scomparissi anch'io. »

« Bene, Armelle, ora devo andare. Un'ultima domanda: avete visto Jestin in questi ultimi giorni? »

« Oh no, messere, perché? »

« Non è rientrato al castello e nessuno sa dove sia. Spargete la voce che lo sto cercando. Gweltaz Ar Fur vi aiuterà a mettervi in contatto con me. »

« Avete visto Gweltaz? »

« Sì, e lo considero un alleato, proprio come spero di voi, Armelle. »

« Oh sì, messere. Riportate qui Kaourintin e i ragazzi, ve ne supplico », lo implorò la giovane torcendosi nervosamente le dita.

« Calmatevi, damigella. Li troverò. Adesso però devo tornare alla fortezza. Abbiate cura di voi, mia cara. » Poi, con un sorriso malizioso, sollevandole il mento le chiese: « Kaourintin sa che lo amate? »

« Oh, messere! » esclamò Armelle. « No, non lo sa; pensa soltanto a Dio... » aggiunse a bassa voce.

Quando Galeran, in sella a Quolibet, si volse per lanciare un'ultima occhiata al villaggio, vide la figuretta della giovane ancora immobile davanti alla locanda.

Capitolo 21

Partiti poco dopo l'alba tagliando per la foresta, i ragazzi si erano concessi una sosta in una radura circondata da alte felci.

Il sole era allo zenit e Kaourintin aveva dato ordine di tirar fuori le provviste che i ragazzi più grandi portavano nei loro fagotti.

Withénoc si era seduto un po' in disparte e mangiava pane e cipolle, senza staccare gli occhi dal gruppetto.

Come al solito, i più piccoli si erano raccolti intorno al pastore e, stanchi per la camminata, si rifocillavano in silenzio.

Solo Goranton, Anna e qualche altro ragazzo più grande non smettevano di tempestare di domande la loro guida spirituale.

«Cosa ci facciamo ancora nella foresta?» chiese Anna con il consueto buonsenso. «E perché abbiamo tagliato per i boschi? Avremmo dovuto essere già a Carhaix, se non oltre.»

La brunetta, i capelli arruffati, fissava Kaourintin con aria impertinente. Cresciuta in una famiglia agiata di Carhaix, era una bambina vivace e dalla risposta pronta. Vestita come un maschio, con calzamaglia e una spessa cotta di lana, s'imponeva sui compagni per la sua determinazione e la salda fede. Aveva sempre pensato di farsi monaca come sua zia, ma quando aveva sentito Kaourintin predicare al mercato di Carhaix l'aveva seguito senza esitare.

« L'ho già chiesto a Withénoc, Anna », rispose il pastore. « Sembra che gli uomini di Broérec pattuglino i sentieri. Meglio essere prudenti e restare nascosti nella foresta. »

« Ho l'impressione », intervenne Goranton, « che, dopo aver lasciato Lannédern, stiamo girando in tondo, tu no? »

« No », rispose con fermezza Kaourintin fulminandolo con lo sguardo. « Vieni, ti devo parlare, Goranton. »

Il ragazzo esitò ma, avvertendo che il pastore era preoccupato, lo seguì senza controbattere.

« Cosa c'è, Kaourintin? Cos'hai da dirmi che gli altri non devono sentire? »

« Basta con le domande, Goranton », lo interruppe perentorio l'altro. « Così spaventi inutilmente i tuoi compagni. »

« Ma hai visto bene che... »

« Non sono stupido », lo bloccò Kaourintin. « So che hai ragione e che stiamo girando in tondo da quando siamo partiti. E vorrei saperne il motivo. Non riesco a cavare una parola da Withénoc, non ha aperto bocca dal momento in cui ci siamo messi in viaggio. Bisogna tenere gli occhi ben aperti. Avvisa Anna, che è scaltra e ci può essere utile. Ma non dobbiamo assolutamente mettere in agitazione gli altri: siamo le loro guide, Goranton, e siamo responsabili delle loro vite oltre che delle nostre. »

« Soprattutto tu, Kaourintin. Sei tu che predichi la crociata! »

« Lo so bene, ma ho bisogno del tuo aiuto: sei sempre stato un fido compagno, come si può contare su Anna. »

Dopo un lungo silenzio, il pastore proseguì con veemenza: « Ci sono troppe cose che non riesco a capire, Goranton ».

« Quali? »

« La sparizione dei ragazzi di Saint-Herbot, il comportamento di Withénoc... e adesso il fatto di camminare in tondo nella foresta come se dovessimo aspettare qualcosa: ma cosa? Attenzione, sta venendo qui! Metti Anna sull'avviso.»

Il monaco era ormai a due passi da loro, il saio nero frusciava sulle caviglie.

«Dobbiamo ripartire, Kaourintin», disse Withénoc con la sua voce roca.

«Ma ci siamo appena fermati», replicò il pastore. «I bambini hanno bisogno di riposarsi ancora.»

«Faremo una lunga sosta, te lo prometto, ma mi sembra di aver udito dei cani abbaiare. La foresta non è sicura, e lo sai.»

«Io non ho sentito proprio nulla», ribatté Kaourintin. «E poi siete stato voi a portarci qui, proprio perché saremmo stati al sicuro. Posso parlarvi un momento in privato?»

«Non adesso», tagliò corto il monaco. «Da' l'ordine di partenza e seguitemi.»

E, senza attendere risposta, il monaco nero si girò e si allontanò tra le felci.

Ordinando a malincuore ai ragazzi di prepararsi, Kaourintin s'inoltrò nella boscaglia sulle orme di Withénoc.

Energica come sempre, Anna aveva riunito i più piccoli e li aiutava ad annodare i fagotti, invitandoli a stare al passo dei più grandi.

Goranton, dopo averle confidato i dubbi suoi e del giovane pastore, andò a mettersi alla coda del gruppo.

Anna l'aveva ascoltato scuotendo la testa con aria d'intesa: detestava il monaco. Fin dalla prima volta in cui l'aveva incontrato, aveva provato per lui una forte repulsione. Trovava che assomigliasse a un gigantesco ragno dal dorso peloso nero-rossastro e dalle zampe lunghissime, così fulmineo nei suoi spostamenti da poter piombare addosso a qualcuno prima ancora che questi se ne rendesse conto.

E poi, perché non mostrava mai il viso, nemmeno a Kaourintin? Spesso la ragazzina aveva proposto al pastore di partire senza di lui, ma il giovane aveva bisogno dell'aiuto di un adulto: non conosceva il cammino che avrebbe dovuto condurli in Terra Santa né sapeva quanto potesse essere lontana.

Così si spiegava l'ascendente di Withénoc su Kaourintin, che l'ascoltava sciorinare le tappe del viaggio e le varie soste nelle abbazie cluniacensi o in altri monasteri.

Capitolo 22

Quando Galeran giunse alla fortezza, quella sera, un soldato gli comunicò di raggiungere Broérec nella grande sala della torre.

« Dimmi, hai visto Drogon e Thustan? » chiese il cavaliere.

« Thustan no, ma Drogon non si è mosso di qui. »

« Grazie, ora vado da Broérec. Occupati del mio cavallo: dagli da mangiare, ma lasciagli la bardatura. »

« Bene, messere », rispose il soldato che si avviò con Quolibet verso la stalla.

Il signore di Huelgoat lo aspettava camminando avanti e indietro per la sala. Più il tempo passava, più l'uomo perdeva il controllo, lasciandosi sopraffare dall'angoscia di aver perduto l'unico figlio che amava.

« Allora, hai scoperto qualcosa? » gridò non appena scorse il cavaliere.

« Ehilà, Broérec, un po' di calma! Fammi almeno sedere », replicò Galeran. « Non ho ancora notizie di tuo figlio, tuttavia qui si ordiscono trame di cui tu sembri essere all'oscuro e che potrebbero avere un rapporto con l'assenza di Jestin... »

Un suono prolungato interruppe il cavaliere. Broérec s'immobilizzò, ascoltando i ripetuti richiami del corno. Rumori di passi rimbombavano sopra le loro teste.

« Vieni, saliamo, è l'allarme », disse il signore di Huelgoat arrampicandosi sulla scala che portava in cima alla torre.

Si era alzato il vento, ma non era sufficiente a disperdere la densa coltre di fumo nero che si levava dagli alberi della foresta.

« È la fattoria! » gridò una vedetta.

« Lo vedo bene, idiota », ringhiò Broérec. « Ehi tu, laggiù, raduna una decina di uomini il più in fretta possibile! »

Poi si girò verso il cavaliere, il cui volto era rivolto alla funesta nube di fumo.

« Non c'è dubbio, è la casa di Genovefa, la moglie di Cléophas! Quei bifolchi indemoniati hanno colpito ancora! Non osando attaccare il castello ripiegano sulla fattoria! »

« Se fosse così, sarei stupito: dama Genovefa è tenuta in grande considerazione. »

I due uomini si precipitarono in cortile, ben presto raggiunti da Drogon. Una decina di soldati stavano già facendo uscire i cavalli dalle stalle.

Cléophas, sconvolto, corse fuori dalla cucina e piombò nel cortile invocando Galeran: « Cavaliere! Cavaliere! Salvateli, vi scongiuro! »

Il giovane, che stava per montare in sella, si chinò verso il poveretto: « Sii fiducioso, Cléophas », lo consolò, quindi lanciò il cavallo al galoppo sul ponte levatoio, raggiunse gli uomini di Broérec, li superò e si affiancò a Drogon lungo il sentiero che portava alla dimora di dama Genovefa.

Ben presto un acre odore di fumo e di cenere coprì i freschi effluvi della foresta. Broérec, incupito, si era messo alla testa della spedizione e frustava il cavallo senza tregua.

Incontrarono e superarono dei contadini che correvano verso il luogo della disgrazia. Quando giunsero alla radura, Galeran si rese conto che era ormai troppo tardi. Grandi fiammate avvolgevano l'edificio principale e un calore intenso impediva di avvicinarsi.

Come mise piede a terra, Broérec ordinò ai suoi uomini

di scendere da cavallo e di condurre gli animali al riparo degli alberi. In quel momento il tetto crollò con un fragore spaventoso. Nel grande cortile gli abitanti dei villaggi vicini già andavano e venivano spingendosi l'un l'altro e impartendo ordini che nessuno eseguiva. Alcuni brandivano lunghi rami appena tagliati e li battevano sulle piccole fiamme che correvano veloci sulla nuda terra. Non c'erano abbastanza secchi per creare una catena fino al pozzo e più l'incendio divampava, più regnava il disordine.

Muggiti strazianti venivano dalle stalle dove la paglia cominciava a prendere fuoco. Galeran, dopo essersi cosparso d'acqua, si lanciò tra le nuvole di fumo. Quando riuscì a trovare la porta e ad aprirla, capì di essere arrivato in ritardo per la seconda volta: le povere bestie erano soffocate.

Broérec cercava intanto dama Genovefa e suo figlio nella calca, chiamandoli invano. I contadini, troppo indaffarati per badare a lui, non furono in grado di offrire alcuna indicazione utile.

Al crepuscolo il vento cessò e l'incendio si spense da solo, come un grande orco ormai sazio. I contadini, stravolti e avviliti, si dispersero nella foresta.

Galeran e Broérec contemplavano angosciati l'entità del disastro.

«Non potremo entrare che tra qualche ora», disse il cavaliere, «e Dio solo sa cosa ci troveremo davanti.»

«Dama Genovefa potrebbe essersi salvata insieme al figlio e alla vecchia serva», auspicò Broérec con voce esitante. «Vado a dire ai miei uomini di cercare nei dintorni...»

«Ci sono anche i tre garzoni», borbottò Drogon che li aveva raggiunti.

Si era prodigato insieme ai contadini con un fervore stupefacente e adesso stava davanti al padre, il viso annerito, grondante di sudore: «Chiunque abbia provocato tutto ciò...»

Il cavaliere si volse subito verso di lui: « È questo che pensi, Drogon? Non credi sia stato un incidente? »

Il giovane non ebbe il tempo di rispondere. Un soldato stava correndo verso di loro e gridava: « Messeri, messeri, venite qui! »

Nel frutteto, dietro l'imponente muro di cinta, il corpo insanguinato della vecchia serva giaceva a pochi passi dal cadavere del suo giovane padrone.

Genovefa era stata appesa non molto lontano al tronco di un vecchio melo. La sua splendida cioppa blu era lacerata e sporca di sangue, la cuffia bianca sudicia e il viso, tagliuzzato, irriconoscibile. I bulbi oculari le erano stati strappati e le ciondolavano sulle guance. Con la serva e il giovane Yann erano stati benevoli, si erano limitati a sgozzarli.

Nauseato, Galeran osservava il corpo straziato di Genovefa, domandandosi quale demonio avesse potuto commettere una simile efferatezza. E pensare che era convinta che il suo silenzio avrebbe protetto lei e i suoi! si disse il cavaliere.

Broérec con un grido si era precipitato verso la donna. Il viso sfigurato dalla collera, tranciò di netto i lacci. « Chi ha potuto fare una cosa simile? » esclamò. « Galeran, aiutami a tirarla giù. »

Il cavaliere accolse tra le sue braccia il cadavere, che scivolò lungo il tronco. Poi lo distese sull'erba accanto a quelli della serva e del figlio.

Broérec, sconvolto, si era inginocchiato a tamponarle il viso. « Cosa significa ciò? » chiese con rabbia trattenuta. « E questo povero ragazzo che era come un fratello per Jestin... » E si colpiva la fronte con i pugni. « Non sono stati i miei contadini, vero? Forse il bastardo che ha voluto vendicarsi? Oppure dei predoni che miravano al gruzzolo della donna e l'hanno torturata... magari quegli stessi che accendono i fuochi nella foresta... »

« Non credo », rispose Galeran, « dimentichi che gli abitanti dei tuoi villaggi sorvegliano la zona giorno e notte: li avrebbero visti avvicinarsi.»

Mentre parlava, il cavaliere si guardava attorno per memorizzare anche il più piccolo particolare: l'erba calpestata dalla gente accorsa in aiuto, la catena d'oro che non pendeva più dal collo di Genovefa, le sue ferite...

«Bene, per ora cerchiamo di capire cosa può essere successo. Erano tutti e tre nel frutteto e stavano raccogliendo le mele quando sono arrivati gli assassini. Hanno tentato di fuggire. La serva, che era più anziana e correva meno in fretta, è stata massacrata per prima. Il piccolo Yann si è parato davanti alla madre per difenderla ed è stato ammazzato. Ma era Genovefa il bersaglio...»

«Perché proprio lei?»

«La donna sapeva troppe cose, Broérec, custodiva molti segreti.»

«E pensi che li abbia confessati?»

«Forse sbaglio, ma non credo. Hanno commesso un grande errore uccidendo il ragazzo, che Genovefa adorava. Il dolore l'ha paralizzata: non desiderava che la morte. Gli assassini non hanno potuto far altro contro di lei... Questo spiegherebbe l'incendio, una sorta di confessione d'impotenza... Avendo fallito nella loro missione, si sono vendicati sugli animali e sui beni della poveretta.»

«I garzoni, però, sono scomparsi!» disse Broérec. «Queste cose prima o poi succedono. Non sarebbe la prima volta che dei servi si rivoltano contro il padrone. Perché cercare più lontano?»

«Io invece penso che sia necessario indagare lontano, anche molto lontano, certamente nel tuo passato», mormorò Galeran.

Durante la breve conversazione Drogon era rimasto in silenzio accanto a loro. Il cavaliere lo scrutò per qualche istante con attenzione, poi si volse. Non sapendo cos'altro fare nell'immediato, si chinò sui corpi distesi e coprì quello di dama Genovefa con il suo mantello.

« Rientriamo alla fortezza portando i tre corpi con noi », ordinò Broérec profondamente turbato. « Devo sapere di Jestin, dobbiamo trovarlo subito: tutto questo non può protrarsi ancora a lungo... »

Galeran, invece, pensava a Cléophas. Come avrebbe reagito a questo duro colpo inflittogli dalla sorte? Avrebbe maledetto, come Giobbe, il giorno della sua nascita e la notte in cui aveva concepito il figlio?

Erano stati lasciati quattro soldati a guardia del luogo. I corpi delle vittime furono distesi su barelle di fortuna; quindi il piccolo drappello si mise in cammino con il suo infausto carico.

Capitolo 23

La giornata sembrava a Galeran interminabile, come il tragitto del ritorno. Più che stanco, era profondamente amareggiato. Drogon cavalcava in testa, silenzioso, come indifferente a tutto ciò che lo circondava; ma l'insolito pallore tradiva il suo turbamento.

Broérec era livido e più volte era stato costretto a fermarsi per rimettere. Ogni tanto il cavaliere si bloccava, voltandosi di scatto. Era certo che qualcuno li stesse seguendo, nascondendosi dietro gli alberi, a meno di cinquanta passi. Alla fine il corteo funebre raggiunse il ponte levatoio: Galeran temeva il momento in cui avrebbe dovuto affrontare il dolore di Cléophas. Nel cortile numerosi soldati li aspettavano, visibilmente ansiosi. Circondarono immediatamente la piccola truppa e, avidi di notizie, li incalzarono di domande. Quando il cavaliere mise piede a terra, notò che Drogon e Broérec si aprivano a forza un varco per raggiungere la torre.

Quanto a lui, chiese del povero cuoco. Il suo aiuto, il piccolo Titik, si era assunto il triste compito di informarlo.

«È nelle stalle, messer cavaliere.»

«Cosa ci fa nelle stalle?»

«Quanto è vero Iddio, sta dormendo!»

«Come, dorme?» fece il cavaliere, un poco sollevato.

«È ubriaco», spiegò il ragazzino abbassando gli occhi con un sorriso forzato.

Intorno a loro, i soldati erano in attesa di ordini che tardavano ad arrivare, e così Galeran fece trasportare i corpi delle vittime nella cantina. Il cavaliere stesso afferrò la salma di Yann e la depose là dove era stata adagiata la piccola Fanchon. Rialzandosi, notò che la macina era ferma e il poveretto che la spingeva era scomparso.

«Dimmi», si rivolse al ragazzino che lo aveva seguito, «che fine ha fatto l'uomo della macina?»

«È andato, messere.»

«Vuoi dire che è morto?»

«Ma no, il padrone ha detto che bastava così e l'ha mandato via.»

«Quando?»

«Ieri.»

Il cavaliere rammentò che effettivamente la sera prima, quando aveva condiviso la cena con Cléophas, non aveva più sentito girare la macina. «Sai chi era quell'uomo?» domandò.

«Non era di qui», rispose laconico il ragazzo.

«Bene, figliolo, ti affido un compito molto importante. Sei abituato a questo tipo di missioni, vero?»

«Certo, messere», rispose il piccolo pavoneggiandosi.

«Benissimo. Devi andare a Saint-Herbot e cercare Gweltaz Ar Fur. Gli riferirai ciò che è successo e gli chiederai di mandare delle brave donne perché si occupino della vestizione dei morti. Dovrai informare anche padre Gwen che penserà alle preghiere e a trovare una sepoltura in terra benedetta per questi infelici.»

Broérec, seduto al grande tavolo davanti a una coppa della sua malsana bevanda, parlava da solo digrignando i denti.

Il cavaliere gli si avvicinò e gli posò una mano sulla spalla. Il vecchio compagno d'armi sussultò ma non si volse.

«Broérec», disse dolcemente Galeran, «smettila di tormentarti. Ti giuro davanti a Dio che a Jestin non è successo nulla e che lo rivedrai presto.»

« Il mondo è nero, e vano », disse Broérec, gli occhi persi nel vuoto. « Sono sfinito... »

Il cavaliere comprese che niente avrebbe potuto sollevarlo dal suo stato di prostrazione. Allora decise di ritirarsi nella sua stanza. Aveva un gran bisogno di riordinare le idee.

CAPITOLO 24

GALERAN si era seduto sulla branda: sulle ginocchia teneva una tavoletta di cera e nella mano uno stilo. Amava molto quell'antico modo di prendere appunti, che poi poteva facilmente cancellare. Sulla tavoletta aveva disegnato meccanicamente un labirinto, non quello delle cattedrali, il labirinto sacro che i fedeli percorrono in ginocchio per guadagnarsi la Gerusalemme celeste, bensì quello che porta al luogo di supplizio dei dannati e dei morti. Ma chi poteva essere il nuovo Minotauro, là in fondo al labirinto? Dove si trovava e come liberare gli uomini dalla sua follia omicida?

Il cavaliere segnò in un punto la posizione della fortezza, poi quella della fattoria e di ciascun villaggio fino alla palude di Yeûn... Indicò anche il luogo in cui la giovane Armelle aveva visto i ragazzini girare in tondo, come smarriti. Senza dimenticare la zona della battuta di caccia... e molti altri dettagli ancora.

Su un'altra tavoletta trascrisse una serie di domande.

Chi ha realmente sborsato i soldi del riscatto di Broérec e l'ha così liberato?

Come poteva pagare i suoi uomini a Vitré, considerando il suo misero feudo?

Perché è stata ammazzata dama Genovefa?

Perché è rimasta alla fattoria e non si è trasferita in Normandia dove avrebbe potuto vivere in tranquillità?

Cléophas è soltanto un marito compiacente?

Galeran prese nota di tutti i dubbi che gli passavano per la testa, anche dei più improbabili. Poi mise le tavolette davanti a sé. E subito il suo sguardo cominciò a vagare nei meandri dell'intricato labirinto, saltando con sconcertante facilità da un punto all'altro, finché tutto gli fu improvvisamente chiaro.

CAPITOLO 25

HOEL, il bastardo, non si aggirava più intorno alla fortezza del padre per la semplice ragione che preferiva stare nella grotta di Ninian chiedendosi se le anse del fiume sotterraneo e il lago trasparente non l'avessero stregato.

Quel giorno, quando il cielo era ancora tinteggiato dei colori dell'incendio alla fattoria, i due ragazzi, sdraiati l'uno di fianco all'altra sul muschio profumato, si divertivano a disturbare le manovre di alcuni gamberi attorno a un'esca. Di tanto in tanto ne afferravano uno. Gli altri fuggivano e si andavano a nascondere sotto i sassi della riva. Hoel gettava allora un altro pezzetto di carne nel lago, e di nuovo i crostacei accorrevano, provocando l'ilarità dei due giovani.

Improvvisamente Ninian emise un piccolo grido: un gambero si era vendicato pizzicandole il mignolo. La ragazza l'afferrò e lo scagliò lontano nell'acqua, poi prese a succhiarsi scrupolosamente il dito.

« Ti ha morso forte? Ti fa male? Non sopporto che tu soffra! » disse Hoel.

« Non è niente, stupido. »

I due restarono in silenzio, il gioco non li divertiva più.

Poi, di colpo, Hoel domandò: « Dimmi, Ninian, perché non vuoi tornare da tuo padre? Non puoi rimanere nascosta per sempre. La bella stagione sta per finire, e presto non sarà tanto piacevole stare qui. Credimi, ne so qualcosa! »

Gli occhi di lei si riempirono di lacrime; la ragazza volse la testa a guardarlo. «Non posso tornare laggiù e continuare questa commedia... Poi c'è Drogon, è un farabutto, una bestia, mi odia perché mio padre mi coccola e soddisfa tutti i miei capricci. Più il tempo passa, più mi sento osservata... Prima o poi scoprirà la verità e andrà a spiattellargliela. Allora, mio padre mi caccerà dal castello e sarò al punto di prima!»

«Perché non vai a stare alla fattoria, allora?» chiese Hoel. «Dama Genovefa ti ospiterebbe volentieri. Dopotutto, è lei che ti ha cresciuto!»

Ninian si strinse nelle spalle.

«Non vado alla fattoria da mesi.»

«Perché?»

«Yann mi sta sempre alle calcagna; mi chiedo se la madre non gli abbia detto la verità sul mio conto. In ogni caso mi guarda in modo strano.»

«Be', non è grave, Ninian. Sei capace di difenderti da sola, ne so qualcosa!»

«Forse», disse seria la ragazza, «se il problema fosse soltanto questo! Ma sai cosa ho scoperto una sera andando alla fattoria?»

«Come faccio a saperlo?»

«Ebbene, ho visto Drogon uscire tutto arzillo dalla casa», svelò Ninian con un sorriso sarcastico.

«Drogon?»

«Sì. Ci sono rimasta di sale. Avevo una stima incondizionata per dama Genovefa, tutto quel che diceva per me era Vangelo. Riguardo a Drogon, mi ripeteva che non lo poteva vedere e che se soltanto avesse osato bazzicare alla fattoria, lo avrebbe sbattuto fuori... Poi, improvvisamente, ecco quel porco che va da lei e poi si allontana tutto sorridente.»

Ninian tacque qualche istante prima di riprendere il racconto. «Allora ho deciso di tornare nei giorni seguenti e di nascondermi tra i cespugli a spiare. E così ho visto Drogon entrare più volte, quasi fosse a casa sua, e uscirne, dopo essersi trattenuto a lungo, sempre con aria soddisfatta. Ecco perché non voglio più andarci.»

Hoel non sapeva cosa ribattere, poi mormorò: «Fai bene, Ninian, anche se è difficile credere a una storia simile».

«Dovrò pur credere a quel che ho visto, no?» replicò lei con amarezza. «Quando penso che quella donna, che amavo come una madre, era in combutta con... per non parlare di Yann!»

Il ragazzo scosse la testa: «Hai agito saggiamente, Ninian. Non abbatterti. Se è così, Drogon sa indubbiamente tutto di te. Mi chiedo cosa stia complottando con dama Genovefa. In ogni caso, non sei in una bella situazione».

«Lo penso anch'io. Per questo sono fuggita. Se Drogon avesse voluto farmi del male, avrebbe potuto agire in tutta tranquillità alla fattoria, con la benedizione di quella traditrice. Poi avrebbero potuto lasciare le mie spoglie nella foresta in pasto ai lupi. E se mai mi avessero ritrovato, si sarebbe detto che avevo fatto la fine di tutti quei bambini.»

«Taci, Ninian, non voglio sentirti dire queste cose!»

I due ragazzi tacquero a lungo, immersi nei loro pensieri, poi Hoel proruppe furibondo: «Sai perché tiro le frecce contro Thustan e, pur essendo da solo, affronto gli uomini di Broérec? Perché io non voglio vivere come un animale braccato, mia cara! Dicono di essere cacciatori! Troppo comodo prendersela in dieci contro una povera bestia o una donna, che per quei fanatici sono la stessa cosa; così hanno trattato mia madre. Ma anch'io sono un cacciatore e non ho bisogno di cani, e se qualcuno ti minaccia, Ninian, dovrà vedersela con me!»

«E cosa intendi fare?» domandò la giovane.

«Cosa pensi che faccia da anni? Ne seguo le tracce e li incalzo. Laddove pensano di essere arrivati per primi, io li anticipo sempre...»

«Però non hai visto Drogon alla fattoria!»

«Forse, ma l'ho visto altrove e, credimi, ne è valsa la pena! Parliamo d'altro, ora. Dimmi, cosa pensi del cavaliere?»

«Quello lì, non so quanto valga... A ogni modo ficca il naso dappertutto e la cosa non mi piace! Sembra che sia amico di mio padre... come se potesse avere degli amici!»

«Io gli ho parlato e mi ha fatto una buona impressione. Ha l'aria di essere un uomo leale.»

Ninian lo guardò di sottecchi, alzando le spalle: «Certo! Voi ragazzi siete tutti uguali. Lo ammiri perché è grande e forte, ha un destriero e belle armi!»

«No, Ninian, soltanto perché sembra un prode... Vorrei diventare cavaliere anch'io e chiudere definitivamente con questa misera condizione.»

Il giovane tacque, lo sguardo fiero. Poi di colpo, senza girarsi verso la ragazza, disse: «Ninian, perché non mi ami?»

«Hoel, non insistere, cerca di capire!»

Seduto al suo fianco, lui continuava a non guardarla. «Io ti amo», disse semplicemente.

«E con questo? Anch'io.»

«Sì, ma vorrei che mi sposassi.»

Ninian si voltò di scatto verso di lui, le gote improvvisamente scarlatte. «Sei pazzo, come ti è venuta quest'idea?»

«Ho sentito dire che ci sono dei re che hanno sposato le loro sorelle!»

«Ah, ma non è vero: oppure si tratta di miscredenti o di Turchi! Ti racconterò una storia che ho sentito da padre Gwen. Viveva sull'argine del Reno, o forse in Danimarca, ma non è importante, un principe che aveva sposato sua cugina perché l'amava sopra ogni altra cosa. Be', il papa li ha scomunicati e loro, dopo aver fatto voto di castità, sono partiti per la Terra Santa con altri cavalieri per fare penitenza. Laggiù sono morti e li hanno sepolti nella stessa tomba... Ed erano soltanto cugini!»

«Ma Ninian, è una storia bellissima, vorrei che andasse anche a noi così!»
«Io no», rispose lei bruscamente.

Hoel la fissò con immensa tristezza. La ragazza, allora, gli gettò le braccia al collo e scoppiò a piangere, il viso nascosto contro la sua spalla.

QUARTA PARTE

L'animale sta per saltare (...)
Tempo di tempesta, tempo da lupi.
Prima che il mondo sprofondi,
Nessuno verrà risparmiato.
Poema scandinavo della VÖLUSPÁ

CAPITOLO 26

QUELLA MATTINA Galeran aveva deciso di tornare, da solo, alla fattoria. Quando giunse sul posto, i quattro soldati incaricati di montare la guardia sedevano attorno a un fuoco e stavano spartendosi un coniglio.

« Salute a voi! » disse il cavaliere. « La notte è stata tranquilla? Non si è visto nessuno? »

« No, messer Galeran », rispose il più anziano.

« Eccetto Thustan! » lo corresse un altro dall'aria scaltra.

« Ah! E voleva qualcosa? »

« Cercava messer Broérec, a quanto ha detto. Poi si è guardato un po' attorno. Ma non ha potuto avvicinarsi all'edificio perché fumava ancora. Allora, se n'è andato con aria avvilita. »

« E adesso si può entrare? »

« Noi non ci siamo ancora stati, ma all'alba è venuto un acquazzone e si dovrebbe potere... bisognerà anche rimuovere le carcasse di quei poveri animali... che disgrazia! »

Il cavaliere diede un'occhiata intorno. Un debole sole illuminava le rovine di quella che era stata una prospera dimora; nell'aria si sentiva ancora l'odore di cenere bagnata. Il fuoco aveva distrutto il tetto, ma i vecchi muri anneriti avevano resistito: Galeran si addentrò tra le macerie senza troppi problemi. Nell'ampia sala dove si era intrattenuto il giorno precedente in compagnia di dama Genovefa, non era rimasta alcuna traccia del mobilio. Il grande camino in pietra si ergeva solitario e intatto verso il cielo, con i suoi imponenti condotti murati.

Non è da questa parte, dunque, che il fuoco è divampato, si disse il cavaliere esaminando il focolare. « E là che c'è? »

A causa dell'intenso calore un tratto di pavimento aveva ceduto: sporgendosi sul cratere, Galeran intravide una sorta di enorme cripta. Vi si lasciò cadere. I muri erano uniformi, lisci e molto antichi. Il cavaliere comprese che non di una cantina si trattava, ma di un ipocausto.

Quando si trovava nel sud, aveva spesso avuto modo di visitare quel sistema sotterraneo di circolazione d'aria calda di cui i Romani si servivano per riscaldare, attraverso la pavimentazione, non solo l'acqua delle terme ma anche alcune abitazioni patrizie.

Come del resto le fognature, l'ipocausto funzionava perfettamente, sebbene fosse in disuso da secoli.

Ma il luogo sotterraneo era stato adibito a ben altro.

Avanzando, il cavaliere scoprì i resti di due antichi forni in argilla refrattaria e lì accanto, mezzo infossata sotto un ammasso di cocci e lastre spezzate, una piccola piramide di lingotti. Ne prese uno, lo annusò, lo grattò con l'unghia, lo nascose sotto la tunica e, infine, uscì all'aperto.

Gli uomini sedevano ancora attorno al fuoco, intenti a mangiare. Il più anziano si rivolse al cavaliere scuotendo la testa: « Non abbiamo chiuso occhio stanotte, messere! Pensare che il Maligno sia uscito dalla palude di Yeûn per divertirsi non aiuta a stare tranquilli... »

« Già », fece Galeran lanciandogli una lunga occhiata. « Eppure, da quel che mi hanno raccontato, Genovefa conduceva una vita ritirata e tranquilla. »

Il cavaliere aveva spesso notato come una falsa affermazione gli consentisse di acquisire maggiori informazioni rispetto a una domanda posta in modo chiaro e diretto. E, ancora una volta, il vecchio metodo diede i suoi frutti.

«Nessuno la pensa come voi, messere», protestò l'uomo.

«Io non sono di qui», disse Galeran, «e ripeto quanto mi è stato detto dagli abitanti del borgo. Dama Genovefa pensava soltanto a fare del bene.»

«E voi credete alle parole di quella gente?»

«Non dovrei?»

«Fareste meglio a diffidare», ribatté l'uomo con l'aria di chi sa molte cose. «Non avete pensato che se faceva del bene, come voi dite, forse aveva buone ragioni per comportarsi a quel modo? E poi, messere, meno se ne parla e meglio si sta, non è vero?»

Galeran non replicò, in attesa di un seguito che non venne. L'uomo aveva afferrato un pezzo di coniglio e se lo mangiava senza più curarsi di lui.

Il cavaliere non insistette, raggiunse Quolibet, saltò in sella e si lanciò al galoppo.

Adesso sapeva cosa doveva fare.

Capitolo 27

In cucina c'era soltanto Titik, indaffarato ai fornelli.

« Dov'è Cléophas? » chiese il cavaliere entrando.

« È andato a rendere omaggio alle salme, poi è partito. Non mi ha detto per dove, ma credo volesse tornare alla fattoria », rispose il piccolo scuotendo la testa.

« Vengo proprio da lì, ma non l'ho incontrato... Amico mio, hai fatto quel che ti avevo chiesto? »

« Certo. Le donne stanno vestendo i morti e padre Gwen non dovrebbe tardare. »

« Gli altri sono ancora nei loro alloggi? »

« Sì, ho appena portato del brodo a messer Broérec e a Drogon, ma di Jestin non c'è ancora traccia. »

« Ti ringrazio, Titik », disse il cavaliere tendendogli una moneta.

« No messere, non la voglio », mormorò il bambino, « sarebbe denaro guadagnato sui morti, porta disgrazia... e poi Fanchon era mia amica, soltanto voi potete scoprire chi l'ha ridotta in quello stato », aggiunse con un sorriso che assomigliava più a una smorfia.

La sua fiducia risollevò l'animo del cavaliere. Titik gli si era accostato prendendogli una mano, poi in silenzio era tornato ai fornelli. Quando Galeran schiuse le dita, vi trovò un pezzetto di pergamena vergata con una scrittura maldestra. Lesse il messaggio con attenzione, mentre il bambino lo fissava. Scosse la testa in silenzio, poi gli restituì la pergamena: « Tieni, buttala nel fuoco! » disse con un sorriso.

Nella grande sala al piano superiore Broérec era solo e beveva il suo brodo. Il cavaliere gli passò davanti senza degnarlo di uno sguardo, raggiunse quel bugigattolo che era la sua stanza e rientrò buttando in silenzio sul tavolo la coperta che il signore di Huelgoat gli aveva prestato. Poi tornò di là e cominciò ad ammassare tutte le sue cose sulla branda.

Sconcertato, Broérec lo guardava fare, il labbro inferiore sporto in avanti. Infine si alzò e, raggiunta la porta, chiese: « Che cosa significa tutto questo? »

Il cavaliere gli lanciò una rapida occhiata. « Indovina! »

« Buon Dio, te ne vai! Mi pianti in asso? »

« To', per una volta ci hai azzeccato! »

« Ma perché? » esclamò l'uomo. « Non puoi! Non ti rendi conto... Jestin... »

Galeran lo zittì: « Ascoltami bene, Broérec, mi credi stupido? »

« Non ho mai detto nulla di simile », grugnì il signore di Huelgoat che aveva perso la sua sicurezza. « Resta, Galeran, ti scongiuro, te ne prego... ecco, sei contento adesso? »

Il cavaliere scoppiò a ridere: « Vedremo, vedremo, dipende! »

« Dipende? Da cosa? »

« Da quello che mi dirai adesso! »

Il vecchio compagno d'armi chinò il capo in segno di resa e andò a sedersi, le grandi mani appoggiate sul tavolo.

Galeran trascinò uno sgabello e gli si sedette accanto; quindi estrasse dalla tunica il lingotto preso alla fattoria e lo piazzò davanti all'uomo.

« Cosa mi dici di questo? »

« Cosa ti dico, cosa ti dico... È una vecchia marka d'argento. Insomma, è quello che è! »

Il cavaliere fece per alzarsi.

«No! No! Sta' lì, Galeran!» gridò Broérec. «Ti giuro, non ci capisco nulla... aspetta, vado a prendere una cosa.»

Si alzò precipitosamente, si diresse verso il letto, ne fece scorrere i pannelli con foga e vi s'intrufolò. Galeran intese un lieve cigolio, quindi Broérec riapparve con un lingotto che posò accanto all'altro. Era leggermente più lungo, il metallo era scurito e vi era impresso un marchio. Il cavaliere lo soppesò.

«È con questo che hai pagato il riscatto a Vitré, non è vero? Non hai potuto indebitarti e Tanguy non ti ha offerto neanche un soldo per liberarti!»

«Sì, è così», ammise Broérec chinando il capo. «Come l'hai scoperto?»

«Non l'ho scoperto, sei tu che me l'hai detto!»

«E come?»

«Consentendomi di confrontare il numero di uomini alle tue dipendenze e la miseria del tuo feudo. Amico mio, non si possiede una guarnigione come la tua, non si può fare la guerra per anni servendosi di truppe mercenarie, se non si hanno i mezzi per pagarle profumatamente. D'altronde tu stesso me lo hai fatto notare l'altro giorno: è gente che non combatte certo per l'onore. Quindi attingevi ad altre risorse... Detto questo, la marka viene dalla fattoria.»

«Dalla fattoria?» gli fece eco Broérec osservando bene il lingotto. «Dalla casa di dama Genovefa? Ma questo è stato fuso da poco e poi non è grande come i miei.»

Calò il silenzio.

«E adesso», riprese il cavaliere, «parlami della morte di tuo padre. Chi l'ha trovato nella foresta?»

Broérec lo guardò incredulo. «Io l'ho trovato! Era caduto da cavallo, ma non era ancora morto.»

«No, non era morto, ma stava per spirare, semicieco, il viso ormai nero... avvelenato anche lui!»

«Non sono stato io! Non ho ucciso mio padre!»

«Lo so, è morto per la sua ingordigia!»

«Non riesco a capire come tu possa sapere anche questo!»

Il cavaliere sorrise. «Ti secca, vero, Broérec? Chiamandomi in tuo aiuto, pensavi di servirti di me, ma hai sopravvalutato la tua astuzia. Avresti dovuto ricordarti di Vitré. Quante volte abbiamo giocato a pari e caffo?»

«E vincevi quasi sempre!» brontolò il signore di Huelgoat.

«Proprio così! Rammenti? Uno dei giocatori nasconde una certa quantità di pezzi nella mano chiusa e l'altro deve indovinare quanti ne ha e se sono pari o dispari. Si dice sia il caso... può darsi, ma a forza di giocare il colpo di fortuna si ripete in quasi tutte le partite. Dunque Broérec, puoi aprire la tua mano adesso, so già cosa nasconde.»

«D'accordo», ringhiò l'altro, «non ti sei sbagliato e chi diavolo se ne importa se...»

«Suvvia, lascia stare il diavolo e racconta!»

«Va bene. La miniera esiste, è vero: risale al tempo dei Romani, se non prima. In seguito è stata abbandonata, e gli animali e i rovi l'hanno invasa. Mio padre, costringendo un vecchio eremita a parlare, ne ha ritrovato l'ingresso. All'interno tutto si era più o meno conservato, a parte alcune gallerie che avevano ceduto. I Romani o i Celti devono aver lasciato il cantiere in gran fretta, perché appena dentro c'era ancora una barella carica di lingotti come quello che hai davanti. Mio padre ha capito subito di trovarsi di fronte a un'immensa ricchezza e non ha esitato a uccidere i suoi due accompagnatori... Non è mai stato molto assennato, ma credo che la scoperta della miniera gli abbia dato alla testa. Trascorreva tutto il suo tempo laggiù a contare e ricontare i lingotti... a scavare ovunque per trovarne altri.»

«Avrebbe potuto sfruttare la miniera», disse Galeran.

«No, e sempre per la stessa ragione: era il suo segreto, il suo tesoro, aveva paura che glielo sottraessero. Me lo ha rivelato soltanto in punto di morte... più che altro perché si vedeva già bruciare all'inferno. Allora si è confessato con me perché ne parlassi a padre Gwen, così da ottenerne l'assoluzione post mortem e il perdono dei suoi crimini.»

«E tu cosa hai fatto?»

«Stai scherzando?» replicò Broérec con un sinistro sorriso.

«Dunque tuo padre è dannato per l'eternità a causa tua! E questo non t'impedisce di dormire la notte...»

Ci fu un silenzio interminabile, durante il quale Galeran continuò a fissare il vecchio compagno d'armi.

«Adesso», sospirò il cavaliere, «veniamo a te.»

«Io ho capito che potevo approfittarne per equipaggiarmi, per mettere insieme una truppa e andare a combattere lontano come da sempre sognavo. Perciò ho deciso di trasportare i lingotti al castello e di nasconderli; quindi ho chiuso l'entrata della miniera con qualche pietra. Per me erano più che sufficienti.»

«Dunque la miniera può ancora celare il suo tesoro d'argento», ribatté il cavaliere indicando il lingotto sul tavolo.

«Lo so, lo so», ammise Broérec, «ma per me tutto questo appartiene al passato. E poi anche tu sai bene quanto sia oneroso scavare una miniera, e quanto costi la manodopera. Ammetto di averci pensato allora, quando c'era ancora mia moglie. Era stata proprio Mechtilde a insistere perché sfruttassi la miniera. Mi ha detto che dalle sue parti, a Goslar, nell'Harz, erano stati trovati filoni di piombo argentifero che avevano arricchito tutti gli abitanti di quelle terre. E mi aveva proposto di far arrivare da là i minatori!»

«È vero che si trovano minatori germanici sin nel lontano Galles!» convenne Galeran. «Sono ben noti per le loro abilità e conoscenze. Che cosa hai deciso all'epoca?»

«Di non farne niente. Avrei dovuto pagare un cospicuo salario agli operai e ho pensato che, invece di guadagnarci, ci avrei rimesso.»

«Capisco», fece Galeran. E dopo un lungo silenzio chiese: «Dimmi, Broérec, vai spesso su in cima alla torre?»

«Qualche volta, quando c'è un allarme. Ma è compito di Drogon occuparsi dei soldati e dei turni di guardia. E infatti adesso dovrebbe essere proprio lì.»

«Bene, allora è lì che dobbiamo andare subito, il tempo stringe!» disse il cavaliere alzandosi.

Broérec, sbalordito, lo seguì senza fare obiezioni; e così, l'uno dietro l'altro, raggiunsero l'ultimo piano.

CAPITOLO 28

LA MATTINA era già inoltrata e la sagoma minacciosa e tormentata del Menez Mikêl si stagliava contro il blu del cielo. Alcune cornacchie volteggiavano sopra la torre, ma Galeran, appoggiato al parapetto, non si curava del loro volo, osservava la lontana colonna di fumo che si alzava al di sopra della foresta.

Un fuoco di bracconieri, come lo chiamava Drogon, che ardeva giorno e notte... In quel punto, il cavaliere ne era certo, si trovava la miniera d'argento.

Indicò le volute di fumo al suo vecchio compagno d'armi: « È là che dobbiamo andare! »

Broérec si protese a sua volta e bofonchiò: « Non c'è dubbio, quel fuoco si trova nell'area dell'antica miniera, ma non vuol dire niente. Chi riprenderebbe a scavare in un luogo simile? Tra inondazioni, frane e rovi... per me quello è un fuoco di cacciatori ».

« Ne conosci molti, di cacciatori, che inviano giorno e notte segnali di fumo per indicare la loro posizione? » ribatté Galeran.

Drogon, che era rimasto in silenzio, si fece avanti: « Mio padre ha ragione, cavaliere. Quando abbiamo perlustrato quella zona con i cani ci siamo imbattuti soltanto in fuochi di cacciatori. I miei mastini non avevano il coraggio di avanzare in quel mare di rocce. È più un posto da lupi che da cristiani... »

Galeran si voltò e, piantando il suo sguardo in quello

del giovane, replicò: « Lo penso anch'io, Drogon ». E dopo un breve silenzio, gli domandò: « Tu sai dov'è la miniera, vero? »

« ... »

« Ma sì, non ti ricordi che ci siamo stati anni fa con Jestin? » intervenne Broérec. « Volevo che conosceste i vostri possedimenti nel caso non fossi tornato da Vitré. Ed è pressappoco là, dove si alza quel dannato fumo. »

« Sì, padre, è vero », rispose Drogon pensieroso. « Ma per me è sempre stato un ammasso di rocce come un altro. Non me ne sono mai interessato. »

« Basta! Abbiamo parlato fin troppo, andiamo laggiù se proprio vuoi! Ti renderai conto che il luogo è inaccessibile, e per quanto mi riguarda regolerò i conti con quei bracconieri. »

Drogon chiese al padre il permesso di ritirarsi.

« Cosa, figlio mio? Abbiamo bisogno della tua forza... e dei tuoi cani! » ribatté Broérec, contrariato. « Tu vieni con noi. Ordina a una decina di soldati di tenersi pronti. Con le nostre spade e i tuoi mastini avremo la meglio su quei mascalzoni. »

Drogon chinò la testa e girò sui tacchi senza ribattere, scivolando giù per le scale fino al pianterreno.

Broérec, che lo aveva seguito con gli occhi, si girò verso il cavaliere: « Allora, sei soddisfatto? Almeno, non avremo più dubbi ».

Galeran era corrucciato; scosse la testa, quindi domandò: « Non puoi radunare più uomini? Potremmo trovarci di fronte a un avversario più forte di quanto supponi ».

Broérec, dopo aver riflettuto, mugugnò: « Sei pazzo, quella è certo gente che non sa battersi e non posso lasciare sguarnita la fortezza, soprattutto dopo l'incendio alla fattoria! Se questi bracconieri vogliono la guerra, l'avranno. Io non ho paura ».

« Come puoi ancora credere alla storia dei bracconieri,

Broérec? È una fandonia messa in giro per spaventare i curiosi, proprio come quella dei lupi giganti! Hai dimenticato ciò che ti ho portato dalla fattoria? Sappiamo bene che questi lingotti non sono i tuoi. Lo stampo è differente, lo abbiamo constatato insieme. Allora? Pensi che Genovefa fosse ricca al punto di potersi permettere tutti quei lingotti ammassati nella sua cantina?»

«Va bene, hai ragione.»

«Il luogo è veramente impraticabile come sostiene tuo figlio?»

«Se non peggio. Ci sono rocce e dirupi... ma noi abbiamo visto ben altro a Vitré. E questo è il mio feudo, Galeran. Non dimenticarlo!»

Il cavaliere sorrise debolmente, pensando che il vecchio compagno d'armi sarebbe rimasto sgradevolmente sorpreso da alcuni particolari di quella brutta storia.

«Bene, speriamo che la buona conoscenza delle tue terre ci avvantaggi, qualunque cosa succeda. Troviamoci alle stalle: devo prepararmi e voglio controllare se Cléophas è tornato.»

«Non l'ho incontrato stamane.»

«Secondo Titik, ha vegliato i corpi dei suoi cari e all'alba è partito per la fattoria, ma io non l'ho visto.»

«Credi che sapesse dell'esistenza dei lingotti?»

«Non lo so, Broérec. Ma andiamo, è tardi, abbiamo perso troppo tempo.»

I due uomini scesero lungo le scale. Dall'angusta feritoia del suo stanzino Galeran scorse il compagno dirigersi alle stalle dove gli uomini, bistrattati da Drogon, stavano affaccendandosi intorno ai cavalli. Verrette e archi venivano accatastati lungo la cinta muraria, mentre i soldati indossavano le cotte e si munivano di scudi.

Ha inizio la partita... pensò il cavaliere.

S'infilò la cotta rivestita di piastre di metallo, quindi la schiavina di cuoio bruno che lisciò con cura. Amava il cerimoniale dei preparativi e, come per la vestizione, si prendeva tutto il tempo necessario per concentrarsi prima del combattimento.

Strinse la cintura, infilando il pugnale nel fodero di cuoio: sentì montare l'eccitazione tipica dei giorni di battaglia, quelle mattine in cui sapeva che avrebbe combattuto corpo a corpo, e forse per l'ultima volta.

Infine prese la spada e uscì, chiudendosi lentamente la porta alle spalle.

Capitolo 29

Un'acqua verdastra colava sulle pareti di salnitro dell'ampio vano sotterraneo. Una torcia quasi consunta diffondeva l'ultima, debolissima luce. Faceva molto freddo e i bambini, che respiravano con difficoltà, dormivano stretti l'uno all'altro come piccoli animali sul suolo cosparso di paglia. Quella mattina, a causa di infiltrazioni e del cedimento di una galleria, era stato loro concesso di riposare più a lungo del solito.

Un passo pesante echeggiò nel tunnel che portava al locale, svegliando qualche ragazzo intirizzito. Era l'ora della colazione.

I più piccoli, stravolti, continuarono a dormire un sonno senza sogni, finché i compagni non li scossero.

L'uomo robusto che si affacciò allo stanzone indossava una schiavina di pelle di cane e una calzamaglia di cuoio. Trascinava, sbuffando, un carrello su cui fumava una grande marmitta. Quando aprì la grata del dormitorio, quasi tutti i bambini erano già in piedi, instabili sulle gambe. I vestiti a brandelli, i corpi smagriti, tendevano la ciotola con un'aria pietosa che lasciò indifferente il carceriere.

Tutte le mattine portava loro il primo pasto della giornata, un'infame brodaglia di cereali che aveva il solo pregio di essere abbastanza calda. Quando era particolarmente generoso, vi aggiungeva qualche osso che i ragazzini si disputavano avidamente. Nonostante il fetore proveniente dal pentolone, avevano tutti fame e si spintonarono per conquistare quel liquido denso.

All'improvviso un bambino lasciò cadere la ciotola e crollò a terra gemendo e vomitando; la testa batteva freneticamente sul terreno, che l'infelice graffiava con le unghie. Il carceriere brontolò e, avvicinatosi, lo alzò tirandolo per i capelli per guardarlo in faccia. Gli bastò uno sguardo: gli occhi strabuzzati, i conati, le convulsioni... subito fece segno a due ragazzi che assistevano sbigottiti all'orribile spettacolo di sollevare il piccolo compagno e di seguirlo.

Gli ordini erano categorici: i malati dovevano essere immediatamente separati dai sani.

Alcuni bambini si contorcevano tra insopportabili dolori prima di perdere conoscenza, altri vomitavano o erano colpiti da attacchi di dissenteria, altri ancora restavano immobili, paralizzati, ma un unico destino li accomunava: la morte.

Una stanza speciale li accoglieva all'altra estremità della galleria, un luogo da cui nessuno faceva ritorno. Si udivano gemiti, urla come di animali feriti; poi calava un silenzio pesante, finché gli strazianti lamenti riprendevano. I piccoli prigionieri scomparivano inesorabilmente l'uno dopo l'altro.

La galleria era così stretta che la bambina poteva avanzare soltanto a carponi. Ogni tanto le torce di resina illuminavano debolmente le umide pareti della miniera. Monik procedeva lentamente inarcandosi per tirare il blocco di roccia legato con una grossa corda alle sue anche. Sentiva gli ansiti di chi la seguiva che, a sua volta, trasportava un pesante carico.

Le infiltrazioni erano numerose e gocce d'acqua ghiacciata le tamburellavano sulla nuca, scivolando poi lungo le spalle appena coperte da una cotta di drappo consunto. Sentiva il dolore diffondersi dalle ginocchia scorticate alle reni. Perse l'equilibrio su un lastrone bagnato, escoriandosi braccia e gomiti. Si fermò un momento, i lineamenti contratti per la fatica, ansimante: un brivido di stanchezza e di freddo l'attraversò. Si leccò le abrasioni, per ripulirle dal sangue, quindi riprese a trascinare il blocco di roccia. Aveva troppa paura della frusta per rischiare di arrivare in ritardo e di essere punita.

Il ragazzo che la precedeva avanzava così lentamente che la bambina poté raggiungerlo facilmente. Raggrinzito e scheletrico, tossiva in continuazione e Monik sapeva che presto sarebbe morto, come tanti altri deboli quanto lui. Da quando era finita nella miniera – e le sembrava fossero passati anni –, aveva capito che un male terribile li decimava e che anche lei sarebbe stata prima o poi portata nella stanza all'altra estremità della galleria: la tomba, come la chiamavano tra loro. A meno che il suo corpo martoriato non venisse gettato prima in qualche fossa.

Monik, o la piccola Mon come la chiamavano i genitori, veniva da Braspartz, ed era una bimba forte e vivace. Era merito suo se, dopo pochi giorni, il piccolo Kadou era riuscito a scappare buttandosi nel fiume mentre lei distraeva gli aguzzini. E adesso aspettava il suo ritorno, pregando la Vergine perché avvenisse. Sperava ogni giorno di vederlo sbucare nella galleria con gli uomini del suo villaggio per liberarla da quell'inferno ben più spaventoso di quello descritto dal parroco di Braspartz.

Purtroppo non sapeva che Kadou era già consumato dalla malattia quand'era fuggito, e che il suo corpo, privo di vita, riposava nel cimitero di Lannédern accanto a quello della piccola Fanchon.

Erano in una decina a lavorare nello stretto cunicolo in cui si trascinava la piccola Monik, come lei sguazzando nell'acqua gelida a spaccare le rocce e trasportarne i blocchi nella zona di smistamento dove li attendevano le fruste dei carcerieri.

Le gallerie erano così anguste che nemmeno un adulto

di bassa statura poteva muoversi al loro interno. Soltanto i bambini erano in grado di estrarre i minerali.

I ragazzi addetti allo scavo, aveva notato Monik, non vivevano a lungo. Morivano di stenti o erano colpiti dalla malattia prima dei loro compagni. Con pesanti mazze battevano le pareti, da cui si staccavano enormi lastre di galena grigia. Una minutissima polvere argentea si disperdeva nella galleria, scintillando alla luce delle torce. In fondo, l'aria si rarefaceva, rendendo faticoso anche il minimo gesto. I polmoni si riempivano di quella polvere luccicante che irritava la gola, lasciando in bocca un sapore di cenere.

Nella miniera erano impegnati una quarantina di bambini e una quindicina di guardie.

Soltanto i ragazzi che lavoravano nella foresta alimentando il forno con legna, fieno e ramaglie erano meno esposti alla malattia.

A ogni luna, all'entrata della miniera si presentava la spaventosa figura di colui che portava nuovi, terrorizzati bambini che avevano creduto alle sue parole e l'avevano seguito. I carcerieri selezionavano i più robusti per trasportare la roccia, tuttavia il lavoro procedeva troppo lentamente agli occhi del capo, che ordinava alle guardie di frustare sempre più i piccoli schiavi per aumentare i ritmi di lavoro.

Proprio per quello la piccola Fanchon era stata punita, per aver osato fermarsi a tirare il fiato, saltando il turno. Il carceriere che sorvegliava le entrate e le uscite si era accorto dell'infrazione. Una ventina di colpi di scudiscio erano serviti da esempio agli altri e avevano finito per uccidere la poveretta già malata.

In un primo tempo si era pensato di ingrandire i passaggi per sfruttare la forza degli uomini, ma l'operazione sarebbe andata troppo per le lunghe. E poi i bambini erano più facili da domare, mangiavano meno e, sebbene minuti, svolgevano una mole di lavoro considerevole.

E come a dare ragione ai loro persecutori, trascorse tre lune, i piccoli schiavi avevano trovato un ricco filone di galena. Il loro numero era stato incrementato per accelerare i tempi. Il « fornitore » sarebbe arrivato da un momento all'altro. Anche tra i bambini correva voce che una ventina di nuovi infelici avrebbero accresciuto le loro file.

Dopo la scoperta, il forno tirava giorno e notte, rischiarando con la sua luce rossa i sotterranei.

Quando Monik uscì dal cunicolo, si alzò con difficoltà e si massaggiò i fianchi doloranti. Strizzò gli occhi, disturbata dalla luce delle torce che rischiaravano il grande vano: più il tempo passava, meno riusciva a sopportarla. Un ragazzo le si avvicinò e snodò la corda legata alla roccia, sgravando la bambina del peso e facendole un impercettibile cenno con la mano. Monik scosse con discrezione la testa e si arrotolò la corda attorno ai fianchi. Si rimise a carponi e sparì nel buco da cui era uscita poco prima. Non si erano scambiati nemmeno una parola. Il carceriere, armato di frusta, sorvegliava le operazioni: al minimo rumore, avrebbe colpito.

I bambini comunicavano ormai a gesti; soltanto in quelle terribili gallerie dove gli adulti non potevano entrare potevano dirsi liberamente qualcosa. Due ragazzi, che trasportavano una barella colma di pietre grigie, vi caricarono anche il blocco portato da Monik, quindi si diressero verso l'esterno.

Fuori della miniera, su una terrazza che dominava la valle, alcune guardiane procedevano con calma allo smistamento del minerale destinato ad alimentare la fonderia.

Selezionata la galena, i ragazzi scendevano con le barelle sino al fiume dove due uomini colpivano con una pesante mazza i blocchi, i cui frammenti venivano passati più volte al setaccio da un gruppo di bambini prima di essere lavati e ricaricati sulle barelle. Infine i ragazzi più forti risalivano col materiale per portarlo al forno.

Posto in una delle sale sotterranee, il forno era un'enorme costruzione di mattoni sormontata da una singolare cupola metallica con due aperture nelle quali venivano collocati i mantici.

Un sistema di catene e pulegge permetteva di sollevare la cupola per alimentare la vasca di galena. Sotto il forno si apriva un'ampia fossa dove bruciava un fuoco alimentato giorno e notte. Le fiamme divoravano rapidamente le riserve di tronchi, ceppi e ramaglie trasportati dai piccoli schiavi. Un camino naturale consentiva la fuoriuscita del denso fumo.

A quell'ora i due fonditori erano al culmine del lavoro. Chiamati in rinforzo alcuni ragazzi, che andavano e venivano con secchi pieni di acqua ghiacciata che posavano non lontano dalla vasca, gli addetti al forno immergevano le tenaglie incandescenti nel metallo in fusione.

Erano ormai tre giorni che il fuoco tirava a pieno regime.

Gli uomini avevano innanzitutto appoggiato la galena su un piano di mattoni ricoperto da uno strato di cenere e da uno di fieno. Avevano quindi riscaldato il metallo per quattro ore a fuoco lento finché il litargirio non era affiorato. Solo allora, una corrente d'aria fredda provocata dai mantici investiva la superficie in fusione che pian piano si ossidava. Spurgato del litargirio, il piombo fuso colava attraverso un canaletto alla base del forno.

Manovrando con abilità ramaioli, tenaglie e stampi, i fonditori avevano richiuso la cupola per aumentare la temperatura del forno. La colata andava avanti ormai da quasi cinquanta ore. Occorreva pulire con regolarità il canaletto perché non si ostruisse.

Lingotti di piombo continuavano a impilarsi alla loro destra, ma i due operai non avevano più l'aria di alchimisti, sembravano attendere qualcos'altro: azionavano le pulegge per riposizionare la cupola metallica e scrutavano con attenzione la superficie grigiastra del piombo in fusione, incuranti dei pericolosi vapori che esalavano nella stanza.

Improvvisamente un bianco bagliore risalì dal fondo della vasca, provocando un'irrefrenabile agitazione. Strillando ordini i due fonditori, aiutati dai bambini, gettarono secchi di acqua fredda sul metallo che cominciò a fumare, annebbiando la stanza di un vapore bruciante.

Dissoltosi il vapore, il «regalo» era lì bell'e pronto: un grande disco d'argento puro come il chiarore della luna.

Gli uomini gridarono di gioia: la «raccolta» era buona. Una volta rifuso il disco, avrebbero ottenuto un buon peso di marka d'argento.

Il minerale di galena era ricco e il piombo di ottima qualità: una volta colato negli stampi, sarebbe stato venduto a buon prezzo ai mercanti di Carhaix che lo avrebbero smerciato nelle contee d'Angiò e di Aquitania.

CAPITOLO 30

DOPO aver trascorso la notte in una radura, all'alba Withénoc aveva svegliato il piccolo gruppo e, senza por tempo in mezzo, l'aveva guidato in una valle spoglia di vegetazione dove scorreva un affluente dell'Elez.

Il luogo era selvaggio e desolato, ma da una terrazza a strapiombo sul fiume s'innalzava una colonna di fumo e dalle gole rocciose risuonavano delle voci. Quando Kaourintin si rese conto del pericolo, era ormai troppo tardi.

Alcuni uomini saltarono fuori dalle rocce e li accerchiarono senza dire una parola: erano forti e nerboruti, dei bruti neri come il carbone, dall'espressione dura e la faccia irsuta.

Sbigottiti, i bambini si strinsero al pastore, che fissava gli assalitori armati di fruste e bastoni. Non sapendo che fare, il giovane si voltò in direzione del monaco.

Withénoc aveva rovesciato all'indietro il cappuccio con un gesto brusco e si era piazzato di fronte a Kaourintin a viso scoperto: aveva abbandonato il suo travestimento da monaco cluniacense per tornare a essere il mercante di schiavi che a ogni luna riforniva di bambini la miniera.

Sebbene Kaourintin cercasse di mantenere il controllo, ciò che vide gli gelò il sangue: il monaco era un essere disgustoso, dal volto glabro e privo di espressione; lo sguardo vuoto ne svelava l'empietà.

Fece per gridare ai bambini di fuggire, ma Withénoc lo afferrò puntandogli il pugnale alla gola.

« Nessuno si muova o lo sgozzo! »

La voce del monaco era calma come sempre, ma i ragazzi vi percepirono un accenno d'impazienza e compresero che non avrebbe esitato a tagliare la gola del pastore. Anna aveva preso per mano una bambina e indietreggiava piano piano. Goranton fissava il viso livido di Kaourintin.

« Digli di starsene buoni, se non vuoi fare una brutta fine », intimò il monaco.

Il corpo irrigidito, Kaourintin cercava di riflettere il più rapidamente possibile. Se avesse ordinato ai bambini di fuggire, forse qualcuno ce l'avrebbe fatta. Allora parlò scandendo le parole: « Voi dunque credete che io tema di ricongiungermi a Nostro Signore, Withénoc? » Poi fece per gridare: « Ragazzi, vi ucciderà comun... »

Il monaco gli affondò la punta del pugnale nel collo, da cui uscì un sottile rivolo di sangue. Il giovane tentò di divincolarsi, ma invano; l'altro non lo mollava e continuava a premere la lama. Poi Goranton urlò: « Fermatevi! Non scapperemo, ve lo giuro! »

« Fortunatamente sono più ragionevoli di te », commentò Withénoc ritirando il pugnale insanguinato e gettando a terra Kaourintin.

Anna si precipitò in suo soccorso e lo aiutò a rialzarsi. Il pastore tossì e un po' di sangue gli colò dalle labbra. La ragazzina strappò un pezzo della sua cotta di tela e glielo avvolse delicatamente attorno al collo. Più pallido che mai, Kaourintin si appoggiò a lei per rialzarsi. La testa gli girava. Si sforzò di respirare lentamente, cercando di non sentire il forte dolore alla gola.

« Che intenzioni avete? » chiese con voce roca.

« Nessuna. Ho fatto semplicemente quel che dovevo. »

« Siete voi il responsabile delle sparizioni! Ci avevo pensato, ma non potevo crederci. Non voi, non un monaco cluniacense! »

«Sei soltanto un bambino, Kaourintin, uno stupido bambino! E io non sono un monaco almeno quanto tu non sei un vescovo!»

«Eppure, a vedervi, sembravate proprio un religioso», replicò il pastore ignorando l'ironico insulto.

«Non hai torto, un tempo lo ero. Ma cosa importa, Kaourintin. Le nostre strade si dividono qui; ho mantenuto fede ai miei impegni e ti ho condotto in un nuovo mondo. Sei arrivato nella Terra Promessa, mio caro!» disse Withénoc con un sorriso sinistro.

Stordito, il pastore mormorò come se parlasse tra sé: «Avete ragione, sono uno stupido. Mi sono lasciato imbrogliare e, ancor peggio, ho trascinato con me questi innocenti».

«Cos'hai detto?» gli domandò l'uomo che non aveva inteso le sue parole.

«È questo il luogo in cui è morta Fanchon? E i figli di Janik, siete stato voi? Sono qui?»

«Calma, Kaourintin. Li ritroverai, sono ancora vivi così come molti altri tuoi presunti disertori.»

Mentre parlavano, le guardie avevano iniziato a selezionare i ragazzi più robusti. Una bambina gridò quando venne separata dal fratello.

«Withénoc, vi prego, fermateli! Portateci via da qui!»

«Tu stai delirando, Kaourintin. Non siete altro che un po' di denaro in più nella mia borsa! Forza, cammina che ti aspettano, stupido!» E diede un vigoroso spintone al giovane, che rotolò ai piedi di una guardia.

Kaourintin si rialzò: guardò Withénoc un'ultima volta e seguì con la morte nel cuore la fila dei compagni che s'incamminavano verso la miniera.

Capitolo 31

I soldati di Broérec avevano già percorso diverse leghe nella foresta, rallentando soltanto per evitare gli alberi caduti di traverso sul sentiero. Thustan galoppava un po' indietro, al fianco del signore di Huelgoat e di Drogon. I mastini correvano senza far rumore distanziando i cavalieri grazie alla loro agilità e ai balzi con cui superavano gli ostacoli più facilmente dei pesanti destrieri.

Soltanto Quolibet che, l'incollatura madida di schiuma, aveva fiutato il clima da battaglia e ritrovato tutto il suo impeto, riusciva a tallonare i cani. Galeran gli lasciò la briglia, ben sapendo che in questo modo avrebbe galoppato molto più agevolmente. I due erano un corpo unico lanciato nella corsa, e al cavaliere vennero in mente le innumerevoli volte in cui il suo destriero, con abili e repentine mosse, gli aveva evitato ferite mortali.

Drogon, che sferzava il suo cavallo con furia, lo raggiunse facendogli segno di rallentare. Arrivato davanti a una pietraia, il figlio di Broérec si arrestò e alzando il braccio diede al gruppo l'ordine di fermarsi.

« E pensare che l'avevo giudicato un ronzino! » commentò Broérec affiancando Galeran.

« È come il suo padrone, capace di sviare anche chi lo conosce », rispose il cavaliere accarezzando la criniera dell'animale. « Il vento soffia nella nostra direzione », osservò. « Un punto a nostro favore, non dovrebbero sentirci arrivare. Siamo ancora lontani dalla miniera? »

«No. Dopo la pietraia c'è una gola che protegge il letto del fiume su cui si affacciano le antiche gallerie di drenaggio. Adesso però dovrebbero essere ostruite.»

«Vuoi dirmi che dobbiamo superare quella gola? Non c'è modo di evitare un luogo così pericoloso? E là in alto, aggirando i dirupi?»

«Se qualcuno ci tendesse un agguato, saremmo troppo esposti. Lì non ci sono ripari, nemmeno un po' di vegetazione tra la quale nascondersi. È impossibile avvicinarsi alla miniera senza essere avvistati.»

«Allora cosa proponi?»

«Ora lasciamo i cavalli», rispose Broérec scendendo di sella. «Ci aspetta un buon quarto d'ora di cammino per giungere all'imbocco della gola. Thustan! Porta il sacco che ti ho chiesto di preparare!»

L'uomo posò ai suoi piedi un grosso sacco di tela di cui tagliò i lacci.

«Tieni», disse il signore di Huelgoat allungando al cavaliere una striscia di cuoio ingrassato. «Abbiamo preso quel che c'era, dovevamo sbrigarci!»

Galeran afferrò la striscia, poi ne scelse un'altra, imitato dai soldati e da Drogon.

Quando tutti furono pronti, gli stivali avvolti nel cuoio, Broérec diede il segnale di partenza e si mise alla testa del gruppo. Drogon, sempre smanioso d'azione, si teneva indietro e obbediva agli ordini del padre che, quando se ne accorse, non riuscì a mascherare un sorriso.

«Forza, abbassate i cappucci e muoviamoci! Tu, occupati dei cavalli! Avanti, soldati!» ingiunse Broérec riassaporando il gusto del comando quando usciva per la ronda ai tempi di Vitré.

Il vecchio guerriero non aveva perso il vizio, e Galeran ne fu tutto sommato lieto.

Dopo aver aggirato gli ammassi rocciosi, gli uomini si ritrovarono all'entrata di una profonda gola dalle pareti dirupate. Tutto era silenzioso, troppo silenzioso. Soltanto un torrente orlato da una spiaggia di ciottoli e da diradati forteti sciabordava in mezzo alla comba selvaggia.

Più si avvicinavano all'uscita della gola, più Galeran pensava che quello fosse il luogo ideale per un'imboscata. Certo, il drappello era avanzato senza far rumore ma era difficile che una vedetta non si accorgesse del suo passaggio. Inoltre Galeran si era reso conto che, da quando erano entrati nella gola, non aveva visto volare un uccello. Il silenzio era opprimente e gli sembrava di non sentire altro che lo scalpiccio dei loro passi e il ticchettio delle spade che pendevano dai fianchi.

Il torrente scorreva pacifico, un raggio di sole si riverberò sulla parete, così scintillante da accecare per un momento gli uomini d'armi. La gola avrebbe potuto essere un luogo idilliaco se il cavaliere non avesse temuto di vederla trasformarsi di lì a poco in un carnaio.

Le sue dita serrarono d'istinto l'elsa.

Si volse: Drogon e Thustan chiudevano la retrovia con due mastini alle calcagna.

In quel preciso momento scattò l'imboscata.

Un boato sordo risuonò dietro di loro preannunciando l'imminente valanga. Pesanti blocchi di pietre rotolarono giù per il pendio, sbarrando agli uomini di Broérec ogni possibilità di ritirata. Un nugolo di frecce si abbatté dall'alto di una parete, seminando lo scompiglio generale.

« Al riparo, al riparo! » urlò Broérec indicando un cumulo di rocce.

Si udirono le grida di due uomini che erano stati feriti e che furono immediatamente trascinati dai compagni al riparo, a ridosso della parete.

Nessun assalitore si era tuttavia mostrato. La pioggia di frecce si era interrotta di colpo, così come era iniziata. Il cavaliere, inginocchiato dietro una roccia non molto lontano dagli altri, si chiedeva per quale motivo l'attacco fosse stato così breve. Non si udiva più nulla.

All'entrata della gola i massi si erano ormai assestati, e

quando il nuvolone di polvere cominciò a disperdersi fu chiaro a tutti che non si poteva più tornare indietro.

«Galeran!» chiamò Broérec. «Galeran, vieni qui da me!»

Dopo aver gettato un rapido sguardo attorno, il cavaliere corse fuori piegato in due, cercando di restare il meno possibile allo scoperto. Con un ultimo balzo raggiunse il compagno e si rovesciò sulle spalle il cappuccio zeppo di polvere.

«Cosa ne pensi?» chiese il signore di Huelgoat.

«Niente di buono, al momento. Dovevamo aspettarcelo. Ci troviamo in una pessima posizione», rispose Galeran, preoccupato. «Manca molto alla miniera?»

«No. Non si riesce a vederla a causa della vegetazione, ma siamo molto vicini, e se...»

«Arrendetevi e non vi sarà fatto alcun male!» rimbombò una voce che il cavaliere aveva già sentito.

«Andate al diav...» cominciò a sbraitare Broérec, ma fu subito interrotto.

«Amico mio, ricordati di Vitré. Allora ci eravamo arresi!» disse Galeran con un sorriso complice.

Broérec rifletté un istante, poi represse una risata. «Ma certo, hai ragione, arrendiamoci... Dove sono Drogon e Thustan?» domandò guardandosi attorno.

«Drogon chiudeva la marcia con i cani, e temo che Thustan fosse al suo fianco quando c'è stata la frana.»

«Oddio, credi che siano morti?»

«No. Penso proprio di no: li ritroveremo tra poco.»

«Cosa intendi?»

«Da' gli ordini, Broérec. Non c'è tempo da perdere: i tuoi uomini aspettano, così come i nostri nemici.»

Il signore di Huelgoat si rivolse ai soldati, che erano ancora al riparo, e gridò: «Le spade nel fodero, ci arrendiamo!»

Poi aggiunse a bassa voce: «Infilate gli stocchi nelle maniche e state pronti a sguainarli al mio segnale!»

Gli uomini obbedirono.
« Ci arrendiamo », urlò Broérec.
Poco dopo, la voce risuonò di nuovo: « Uscite fuori uno dietro l'altro e camminate lentamente nella nostra direzione; non vi sarà fatto alcun male! »
In quel momento Galeran vide l'uomo di cui aveva riconosciuto la voce.
Il monaco, il cappuccio calato, come sempre, sul viso, era a pochi passi da loro, scortato da quattro muscolosi figuri, armati sino ai denti.
« Non abbiate timore, non vi faremo nulla, avete la mia parola », ripeté.
I soldati uscirono lentamente dai ripari, pronti a eseguire gli ordini ricevuti. Broérec li superò e si diresse lentamente verso Withénoc, le mani alzate sopra la testa.
« Gettate la scimitarra », gridò il monaco indicando la curva lama che gli pendeva dal fianco.
« La mia lama è nel fodero. Pensi che sia in grado di estrarla così velocemente da anticipare le frecce dei tuoi arcieri? Codardo! » lo insultò Broérec avvicinandosi a Withénoc.
Galeran, che lo seguiva dappresso, interloquì: « Bene, Withénoc, dunque ci rincontriamo! Sei molto più loquace che a Lannédern! »
« Messer Galeran », rispose il monaco con la consueta voce sgradevolmente roca. « Vi avevo avvertito che era pericoloso essere troppo curiosi da queste parti... »
S'interruppe di colpo. Sopra le loro teste era risuonato un lungo urlo sgomento.
Un corpo volò giù dalla cima del dirupo e si schiantò a qualche passo da lui. La gamba era ridotta un moncone dilaniato e sanguinante: tutti guardarono in alto e intravidero la sagoma di un mastino.
Un'espressione di intensa meraviglia si dipinse sui volti degli uomini che scortavano il monaco.
In un lampo Broérec capì che il figlio si era in qualche

modo arrampicato in cima alla parete e aveva aizzato i cani contro gli arcieri. Subito impartì l'ordine ai suoi: «All'attacco, forza, addosso al nemico! A morte, a morte!»

Sguainata la temibile scimitarra si scagliò contro Withénoc, brandendola sopra la testa come un vessillo.

Con un grido di sfida, gli uomini del monaco si avventarono a loro volta, facendo roteare le mazze.

Galeran, sfoderata la spada, si affiancò a Broérec. Schivando con agilità le lunghe punte nemiche, si buttò nella mischia infilzando il primo avversario. Estraendo la lama insanguinata, si voltò e con un terribile fendente staccò di netto la testa del secondo nemico che crollò a terra senza emettere un lamento. Stava per colpire di nuovo, ma sentì il sibilo della scimitarra che lo anticipava. Un fugace bagliore e il terzo uomo rotolò nella polvere... A pochi passi, la sua mano stringeva ancora la pesante mazza.

Di fronte a quella carneficina, l'ultimo avversario ebbe un istante di fatale esitazione: Broérec gli staccò la testa con un secco colpo di scimitarra.

«Vedo che non hai perso la tua destrezza!» esclamò Galeran, e aggiunse: «Attento, dietro di te!»

Dopo essersi tenuto alla larga dalla mischia, il monaco si era portato con la daga alle spalle di Broérec, ma non aveva tenuto conto del cavaliere, che da dietro gli puntò la spada alla gola.

«Getta l'arma o, in fede mia, sei morto!»

Withénoc ubbidì e lasciò cadere la lama. Poi si voltò lentamente verso il cavaliere e rovesciò all'indietro il cappuccio, svelando quel viso impassibile e glabro che tanto aveva impressionato Kaourintin.

Fissava Galeran, con gli occhi ridotti a due piccole fessure, quasi non riuscisse a sopportare la luce.

Il cavaliere abbassò la spada, puntandogliela al fianco.

«Si direbbe che la fortuna ti abbia voltato le spalle», lo incalzò osservando l'inquietante viso e chiedendosi cos'altro ancora il monaco avesse in serbo. Withénoc continuava infatti a mostrarsi incredibilmente calmo.

« Forza, cammina, e non provare a fuggire o a reagire, o in fede mia t'infilzo! »

Withénoc alzò le spalle e ubbidì: « Cosa pensate che possa fare, da solo e senza armi? »

« Stammi lontano, monaco. Anche se non conosco la tua forza, ho potuto apprezzare la tua scaltrezza. Cammina », disse Galeran perquisendolo rapidamente prima di spingerlo davanti a sé con la punta della spada, come un animale recalcitrante.

Preceduti da Broérec e dal cavaliere, i soldati avanzavano di buon passo, scrutando con diffidenza le cime della gola.

Non incontrarono nemici, soltanto qualche cadavere straziato da cui il sangue colava lentamente nell'acqua del torrente; anche il pericolo di essere bersagliati dalle frecce sembrava svanito. Non si udivano che grida laceranti e i latrati dei mastini, che evidentemente avevano attaccato gli arcieri.

Quando arrivarono all'ingresso della miniera, non trovarono anima viva. Drogon, Thustan e i cani non avevano risparmiato nessuno; la maggior parte delle guardie era stata selvaggiamente sgozzata. Un arciere era riverso in un mare di sangue ai piedi dei gradini di pietra che conducevano alla terrazza dove venivano smistati i blocchi di minerale. Non era ancora morto e continuava a gemere: gli enormi canini dei cani gli avevano strappato metà viso. Broérec si chinò su di lui e gli tagliò la gola.

« Tanto era spacciato », grugnì.

Alzando gli occhi, Galeran scorse Drogon sulla spianata. Un uomo strisciava a terra, supplicandolo di risparmiarlo.

I soldati si erano intanto inerpicati su per la scalinata di pietra. Quando raggiunsero la terrazza rocciosa, l'uomo giaceva immobile in una pozza di sangue: Drogon gli aveva trapassato il petto.

« Perché l'hai ucciso? » chiese Broérec indicando il cadavere con ancora indosso il grembiule da fonditore. « Non era pericoloso, e non era armato! »

« Ho deciso di non risparmiare nessuno », ringhiò l'altro, madido di sudore, i capelli arruffati. Brandendo la lama insanguinata, ansimava ebbro del sangue versato. « Se Thustan e i cani si sono comportati a dovere, non dovrebbe essere sopravvissuto nessuno », continuò.

« Avresti potuto lasciarci qualche nemico da infilzare! » si lagnò Broérec.

Urla di terrore e latrati risuonarono da una galleria sotterranea.

« Ascolta, Broérec, sono i bambini! Tieni, sorveglialo, ne sei responsabile », disse Galeran spingendo il monaco verso un soldato.

Seguito da Drogon e Broérec, il cavaliere corse verso la galleria da cui venivano le strazianti richieste d'aiuto. Alla fine raggiunsero il vano allestito a dormitorio.

Kaourintin e Goranton erano riusciti a bloccare la grata con un grosso ceppo di legno, ma i mastini, istigati da Thustan che faceva la sua parte sferrando colpi d'ascia, la facevano oscillare pericolosamente.

Le labbra insanguinate, i cani attaccavano la barriera, azzannando con i loro denti aguzzi i montanti di legno. I bambini, ammassati sul fondo alle spalle del giovane pastore, gridavano terrorizzati. Kaourintin e Goranton brandivano qualche sasso – armi irrisorie di fronte a tanta violenza – per affrontare i cani.

« Drogon, richiama a te i mastini! » sibilò il cavaliere. « Thustan, smettila. Posa quell'ascia o, buon Dio, ti infilzo! »

« Osate darmi degli ordini? » ringhiò Drogon, la bocca deformata in una smorfia d'odio.

« Fa' quel che ti ha detto », intervenne Broérec scuotendo con forza il figlio per le spalle. «Richiama i cani, sono soltanto dei bambini, Drogon! È tutto finito!»

Al lungo fischio del padrone, i mastini si bloccarono di colpo, guaendo improvvisamente come cuccioli.

Thustan sembrò esitare, poi gettò l'ascia ai piedi del cavaliere, scrollando le spalle.

«Cosa vi è preso?» urlò Galeran. «Volevate uccidere tutti quanti in questa miniera!»

«Chi sono questi bambini?» domandò Broérec stupito vedendoli aggrappati all'inferriata.

«I bambini scomparsi, di Braspartz, di Saint-Herbot e di altri villaggi. E, come vedi, anche di Lannédern», rispose il cavaliere aprendo la grata.

«Ci avete salvato, messere», lo ringraziò Kaourintin. «Senza il vostro aiuto quei maledetti cani ci avrebbero sbranato.»

Il giovane pastore cercava di controllare il tremito che lo scuoteva. Galeran gli posò una mano sulla spalla: «È finita, va tutto bene, adesso. Porta i bambini fuori dalla miniera, conducili al fiume: che si rinfreschino e si riposino perché il viaggio di ritorno sarà lungo e difficile».

«Bene», replicò Kaourintin, facendo segno ai compagni di seguirlo.

Il cavaliere sentì una piccola mano scivolare nella sua e chinò la testa. Una bambina lacera e stravolta ma felice, lo fissava.

«Grazie, messere, che Dio vi protegga. Non vi dimenticherò mai», disse solennemente.

«Chi sei, piccina?»

«Mi chiamo Monik e vengo da Braspartz, messere. Ditemi il vostro nome perché possa pregare la Santa Vergine per voi.»

«Galeran de Lesneven. Sei stata rinchiusa là dentro per tanto tempo, vero?» disse guardando con attenzione il visetto segnato e i capelli striati di bianco.

« Oh sì, messere, per tanto tempo! » esclamò lei. « Ero all'inferno senza essere morta! »

Il cavaliere, commosso, le carezzò una guancia: la bimba sgattaiolò via incontro alla luce. Un ragazzino le cinse dolcemente le spalle e l'aiutò a scendere verso il torrente.

CAPITOLO 32

GALERAN uscì all'aperto sospirando di sollievo. Desolazione e morte trasudavano dalle pareti della miniera dove tante creature avevano così atrocemente perso la vita.

Broérec aveva dato ordine ai suoi di esplorare il luogo da cima a fondo, ma non avevano trovato nessuno: tutte le guardie erano state uccise. Thustan era scomparso. Solamente Drogon, immobile, aspettava sulla spianata.

I soldati non raccolsero che vittime e un sostanzioso numero di lingotti di ottima qualità.

Anche se non erano in molti, i carcerieri si sono lasciati sorprendere con una certa facilità, pensò il cavaliere. L'unico testimone sopravvissuto è il monaco.

«Bene, Withénoc, dovresti sentirti parecchio solo in questo momento», disse Galeran dirigendosi verso l'uomo che, sempre sotto la stretta sorveglianza del soldato, aspettava imperturbabile.

Non ebbe risposta, ma si accorse che stava fissando Drogon con intensità. Il figlio di Broérec gli voltava le spalle, lo sguardo rivolto alla comba e ai frenetici andirivieni degli uomini d'armi.

«Withénoc», disse il cavaliere prendendolo con forza per un braccio, «vieni, dobbiamo parlare a quattr'occhi.»

«Non ho nulla da dirvi che non sappiate già», rispose il monaco distogliendo lo sguardo.

Galeran sorrise. «A tuo modo sei coraggioso, e furbo

come una volpe! Ma pensi che basterà a salvarti la vita?» gli bisbigliò all'orecchio.

Il monaco parve esitare, poi disse piano: «Sarò morto ancor prima di aprire bocca, e voi lo sapete. Anzi, cavaliere, sono già morto, ma non vorrei andarmene da solo».

«Niente in effetti è più triste che avviarsi alla forca senza compagnia! Forse potrei venirti incontro, ma dobbiamo parlare, anzi dovrai parlare soprattutto con Broérec. Su, scendiamo, e cammina sempre avanti a me!» disse il cavaliere indicando i gradini di pietra.

Broérec, soddisfatto del buon esito della spedizione che gli avrebbe consentito di appianare i suoi contrasti con i contadini e di riempire di lingotti il castello, andava su e giù parlando con i soldati.

Restava soltanto un'ombra: la scomparsa di Jestin, del quale si erano perse le tracce. Aveva interrogato invano il giovane pastore e i bambini: nessuno aveva visto il suo secondogenito.

Due soldati si allontanarono per recuperare i cavalli. Avrebbero scalato la frana per guadagnare tempo: al ritorno sarebbe stato inevitabile imboccare la gola dalla direzione opposta.

Gli altri uomini d'armi avevano dato vita a una catena per portare fuori dalla miniera i lingotti, che, con gran gioia del signore di Huelgoat, continuavano ad ammassarsi.

«Forza, cammina!» disse Galeran spingendo Withénoc verso Broérec. «Il monaco ha qualcosa da dirti!»

«Ah sì, e che cosa?» gli chiese Broérec squadrandolo. «Sei tu il responsabile, vero?»

«No. L'unico responsabile è...»

Furono le sue ultime parole. Si udì un sibilo repentino. Withénoc sussultò, si volse lentamente di lato, barcollò in avanti e crollò pesantemente nella polvere.

Una lunga freccia dall'impennaggio bruno gli si era conficcata dietro l'orecchio, da cui il sangue cominciò a colare. Il monaco era morto prima ancora di toccare il suolo, il volto contratto in una smorfia.

Ci fu un momento di sconcerto, poi il cavaliere si gettò su Broérec. I due uomini rotolarono a terra in cerca di un riparo, ma non furono scoccate altre frecce. Drogon accorse. « Padre, siete ferito? »

« No, tutto bene », rispose lui rialzandosi. « I tuoi cani devono essersi lasciati sfuggire un arciere. »

« Li ho già sguinzagliati perché rimedino a questa disattenzione. Chi ha scoccato la freccia non ha molte speranze di cavarsela. Mirava a voi, ma ha colpito quell'anima dannata, e non è una grossa perdita! »

« Invece sì », ribatté il cavaliere. « Era l'unico testimone di quest'oscura vicenda. »

« A che ci servono dei testimoni? » fece Drogon irritato. « Abbiamo recuperato una fortuna e i bambini possono tornare ai loro villaggi! Tutto va per il meglio! »

« Mio figlio ha ragione », convenne Broérec battendogli una mano sulle spalle. « Che ci importa di questa carogna che sarebbe comunque finita appesa a una corda o consegnata alla vendetta dei contadini? »

Galeran era inquieto, nervoso. Ma il suo viso s'illuminò alla vista dell'esile figuretta che veniva verso di loro dal fondo della gola.

« Te l'avevo detto, Broérec... Guarda chi arriva! »

Incredulo, il signore di Huelgoat osservava il figlio cadetto avanzare con passo svelto. Hoel, il bastardo, lo seguiva spingendo davanti a sé un Thustan zoppicante e coperto di sangue.

Il cavaliere lanciò una rapida occhiata a Drogon, il cui viso era diventato cereo. Il giovane era indietreggiato di un passo, come se fosse stato colpito.

Jestin aveva raggiunto Broérec e gettato ai suoi piedi una faretra di cuoio e delle frecce dall'impennaggio bruno.

« Tenete, padre. Guardate il colore. È uguale a quella che ha ucciso il monaco. La successiva avrebbe colpito voi, se Hoel non avesse sopraffatto questo assassino», disse Jestin puntando un indice accusatore contro Thustan.

«Che storia è questa?» fece Broérec perplesso. «Forza, Thustan, di' qualcosa!»

Ma l'uomo continuava a scuotere la testa, come stordito.

Broérec ebbe un improvviso scoppio di collera. «Jestin, questo è troppo!» sbottò. «Per colpa tua ho vissuto giorni d'apprensione e d'angoscia... e adesso ricompari insieme a quel bastardo!»

Hoel era impallidito e stava per ribattere, ma Jestin lo prese per un braccio: «No, lascia che sia io a parlare a mio padre!»

«Cosa ci fai con quello lì? Spiegati!» esclamò Broérec disorientato dall'intesa che sembrava regnare tra il suo figlio prediletto e quel bastardo che odiava.

«Padre, fareste meglio a interrogare Drogon: solo lui può darvi delle risposte!»

«Che stai dicendo, disgraziato!» sbraitò Drogon.

«Poiché mio fratello non vuole parlare, lo farò io al suo posto», riprese Jestin con tono distaccato. «Thustan ha ucciso il monaco per farlo tacere per sempre. Se non indovinate il motivo, Drogon ve lo potrà spiegare...»

«Te lo ficcherò in gola», gridò questi estraendo dalla manica un pugnale che lanciò contro il fratello senza lasciargli il tempo di reagire.

Ferito al fianco, Jestin fece un balzo all'indietro, sguainando la spada. Ansimante, col sangue che gli colava dalla ferita, fronteggiava Drogon, gli occhi fissi in quelli di lui.

«Adesso basta, voi due», ordinò Broérec cui la situazione stava sfuggendo di mano.

«È una cosa tra me e mio fratello, padre, non immischiatevi», urlò Jestin.

Broérec esitava, mentre Galeran, che osservava la scena, si rivolse a Drogon con durezza: «Dovrete uccidere Jestin, ma anche Hoel e me perché cada il silenzio su questa vicenda. Non avete scampo! »

« Allora finiamola qui! » gridò selvaggiamente Drogon sguainando la spada e assestando un colpo a quella del fratello, che rotolò a qualche passo di distanza.

Stordito, Jestin continuava a tenergli testa, pronto a combattere fino all'ultimo colpo. Da troppo tempo i due si detestavano. Afferrando il pugnale che portava alla cintura, Jestin minacciò il fratello.

« Non ti muovere, Hoel », disse col suo consueto timbro acuto. « Padre, è stato Drogon a tramare tutto quanto! Voleva la vostra morte, credetemi, ve ne prego! » E Jestin indietreggiò lentamente, cercando un appoggio nella parete rocciosa.

« E perché dovrebbe crederti? » urlò Drogon scagliandosi contro di lui con la spada. « Adesso morirai e che tu sia dannato! Ci rivedremo all'inferno! »

Jestin indietreggiò ancora e inciampò. Nel cadere all'indietro, brandì contemporaneamente il pugnale, ma era troppo tardi, Drogon si era già avventato su di lui.

Chiuse gli occhi. Un getto di sangue tiepido gli bagnò il viso.

Quando riaprì le palpebre, Jestin vide il corpo del fratello riverso tra le pietre, poco distante da lui. Era senza testa. Il padre stava pulendo la lama della scimitarra sulla manica: aveva fatto la sua scelta.

Jestin sentì il terreno cedere sotto di sé e perse conoscenza.

Quando si risvegliò, Galeran e Hoel erano al suo fianco. Non vide subito il padre che seduto in riva al torrente parlava da solo con voce sommessa.

Intorno al corpo decapitato di Drogon si era formato un capannello di soldati. Il pesante silenzio era rotto soltanto dal mormorio di Broérec.

Dall'altro lato della gola, sgomenti di fronte a tanta violenza, i bambini si erano stretti attorno a Kaourintin.

«Come va, ragazza mia? Ve la caverete, la ferita non è grave», disse Galeran dopo aver esaminato il fianco di Jestin.

«Ninian, rispondi», supplicava Hoel stringendo le dita affusolate nelle sue grosse mani.

Lei li fissava stordita.

«Non aver paura Hoel, è ancora spaventata. Occupati piuttosto della ferita e medicala. Io vado da Broérec.»

Il cavaliere si alzò, sentendosi addosso una stanchezza infinita. Scese lentamente fino al torrente, senza staccare gli occhi dal vecchio compagno d'armi. Richiamò i soldati, che di fronte al cruento spettacolo erano rimasti impietriti. «Forza, non state col naso all'aria! Dovreste essere abituati a queste scene. Costruite delle barelle per i feriti. Quanto ai lingotti torneremo più tardi.»

Gli uomini tutto d'un tratto si riscossero e con prontezza si misero al lavoro. Galeran udì un nitrito familiare: alcuni soldati stavano tornando con i cavalli, e Quolibet era in testa.

Quando fu accanto a Broérec, gli mise con dolcezza una mano sulla spalla, ma l'altro non si accorse nemmeno della presenza del cavaliere, e continuò a borbottare frasi incomprensibili.

«È morto, amico mio. Ti avrebbe ucciso, e lo sai bene», disse Galeran.

Broérec lo guardò con occhi colmi di pena.

«L'ho ucciso, Galeran, ho ucciso mio figlio! Niente ha più senso per me. A questo mondo c'è soltanto il male... È questo il vero inferno, il dolore, tutto il resto non esiste! Troppo sangue, troppo odio...»

«È una questione tra te e la tua coscienza. Ma se non l'avessi ucciso, ora saresti morto!»

«Lo so, ma ci sono tante cose che mi sfuggono. Mi sembra tutto così confuso: credi anche tu, come Jestin, che Drogon abbia tramato alle mie spalle?»

«Di questo parleremo più tardi, quando saremo al castello.»

«E il bastardo, cosa ci fa con Jestin?»

«Questa è un'altra storia, Broérec», gli rispose il cavaliere con un sorriso. «Ma forse, nel momento in cui hai perso un figlio, ne hai trovato un altro!»

«Cosa vuoi dire?»

«Sei abbastanza intelligente per capirlo.»

Broérec abbassò gli occhi e si alzò. Si voltò verso il cavaliere. «Hai ragione, rientriamo, devo riflettere. Hoel può venire con noi, se vuole», disse accennando col mento al giovane che stava prendendosi cura di Jestin.

I soldati avevano appena finito di seppellire i morti sotto tumuli di pietra, quando Broérec diede il segnale di partenza.

Nel frattempo il cavaliere, aiutato da Kaourintin, aveva estratto le frecce e cauterizzato le piaghe dei feriti con la lama del pugnale arroventata sul fuoco. Insieme li avevano adagiati sulle barelle.

Il viaggio di ritorno fu lungo e nessuno aveva voglia di parlare. Broérec era alla testa del gruppo, col corpo del figlio di traverso sulla sella, avvolto in una lunga cappa.

Seguiva Galeran, che portava in spalla la piccola Monik e teneva per la briglia Quolibet con in groppa tre bambini.

Gli uomini avevano lasciato i cavalli ai ragazzini in grado di stare in sella. I più robusti camminavano lentamente dietro Kaourintin e Goranton. Gli altri, insieme ai feriti, erano stati caricati su barelle che i soldati trasportavano.

Chiudevano la marcia Hoel e Jestin con il prigioniero.

Ognuno era immerso nei suoi pensieri.

Un urlo selvaggio risuonò in lontananza, un lupo o un

mastino? I cani di Drogon non erano più riapparsi dopo aver attaccato gli arcieri nemici sulle pareti della gola.

Galeran si chiese se stessero ancora inseguendo qualche disgraziato nella foresta o se, impazziti alla vista del sangue o per la morte del padrone, fossero tornati allo stato brado.

Alla fine se li immaginò liberi, mastini degli Inferi intenti a cacciare sui tenebrosi monti d'Arez o a scorazzare nella verdastra e ribollente fanghiglia della Youdik, involontari traghettatori dell'anima dannata di Drogon.

QUINTA PARTE

Chi serve non è libero;
Chi sente non è morto;
Chi desidera vuole;
Chi vuole elemosina...
MARGUERITE PORÈTE

Capitolo 33

Quando arrivarono alla fortezza, un gruppetto di contadini, capeggiati da Gweltaz, li attendeva seduto in cerchio non lontano dalla porta carraia. C'era anche il vecchio parroco di Lannédern, e la giovane Armelle che aveva lasciato il villaggio per raggiungere il religioso lungo la strada per il castello.

Il preziosissimo Titik aveva fatto ancora una volta da messaggero per Galeran, che lo aveva inviato da Gweltaz per chiedergli di recarsi a Huelgoat insieme a padre Gwen.

Per il vecchio saggio la parola data era sacra: non aveva esitato un istante e, dopo aver preso con sé qualche uomo robusto, aveva raggiunto Lannédern in cerca del parroco.

Le vedette avevano dato l'allarme nel vederli arrivare. Ma per fortuna, Gweltaz Ar Fur godeva di grande considerazione, e nessuna freccia era stata scoccata contro di loro. Dopo un'animata discussione, gli uomini d'armi avevano accettato che il piccolo gruppo sostasse appena fuori delle mura in attesa del ritorno di Broérec.

« Ehilà, padre Gwen! Salve Gweltaz! » li salutò il cavaliere che era appena giunto sulla spianata antistante la cinta e aveva fatto scendere dalle spalle la piccola Monik. « Vi ringrazio di essere venuti con tanta sollecitudine. »

« Buongiorno, figliolo, sono qui per seppellire dama Genovefa e gli altri, ma vedo che Dio vi ha aiutato nella vostra ricerca e ha esaudito le mie preghiere », disse il parroco scorgendo Kaourintin e i bambini.

«Vi saluto Galeran de Lesneven, che Dio vi protegga», aggiunse Gweltaz. Con una rapida occhiata, aveva notato il cadavere sulla sella di Broérec, i feriti e Thustan in catene. «I miei uomini non vi sarebbero serviti, avete risolto la situazione con le vostre forze, cavaliere...»

«Dio sia lodato! Tutto è andato per il meglio!»

Due ragazzi si staccarono dai compagni e corsero goffamente incontro all'anziano.

«Gweltaz, Gweltaz! Siamo noi!»

Il vecchio saggio rimase un istante perplesso, prima di ravvisare in quei volti smagriti i figli di Janik.

«Bambini miei, in che stato siete! Vostra madre non vi riconoscerà!»

«Può darsi, ma noi, almeno, siamo vivi!» ribatté il maggiore, le mani sui fianchi.

«Hai proprio ragione», rispose Gweltaz. «E presto tornerete a essere i ragazzi forti e robusti di un tempo: vi terremo d'occhio!»

Poi si girò verso il signore di Huelgoat e gli rivolse la parola per la prima volta dopo anni: «Messere, posso con il vostro permesso farli accompagnare al villaggio?»

«Sì, va bene», grugnì Broérec. «Ma cosa diavolo ci fa tutta questa gente davanti alla mia fortezza? Perché sei qui Gweltaz, insieme al parroco e a questa giovinetta?»

«Sono stato io a chieder loro di venire a Huelgoat», s'inserì Galeran. «Quanto agli uomini avrebbero potuto esserci utili se la fortuna non fosse stata dalla nostra parte.»

«Va bene, che i tre entrino insieme a noi. È una buona cosa che siate qui», aggiunse Broérec rivolgendosi al parroco. «Potrei aver bisogno dei vostri servigi.»

«Quando vorrete, messere», rispose padre Gwen, sorpreso che il signore di Huelgoat si mostrasse così loquace con lui.

Poi, con tono arrogante, Broérec ordinò a Gweltaz: «I tuoi restino fuori, non voglio bifolchi in casa mia. Forza, andiamo».

Il ponte levatoio si abbassò lentamente, e il gruppetto fece il suo ingresso nel cortile. Broérec scese da cavallo e lo affidò a un valletto, quindi prese tra le braccia il corpo di Drogon. Facendosi largo a forza tra i soldati radunati nel cortile, portò la salma fino alla torre. Il cavaliere lo seguì con lo sguardo e scorse Cléophas andare incontro al suo signore. Vide che si scostava per lasciarlo passare, poi entrambi scomparvero all'interno.

Galeran fece scendere i bambini di sella e li affidò ad Anna, che insieme ad Armelle si stava prodigando per tutti.

«Bene Armelle. Cosa ci fate qui, damigella? Non mi sembra di avervi mandato a chiamare», disse il cavaliere ad Armelle con malizia.

La giovane, arrossendo, mormorò: «Ho pensato che avrei potuto esservi utile».

«A me, non direi. Ma c'è un pastore, un certo Kaourintin... Andate da lui, gentile fanciulla. Nell'arco di una giornata ha perso e guadagnato molto, quel ragazzo. Lo troverete cambiato...»

La giovane non si fece pregare e corse a raggiungere il pastore.

Il cavaliere la seguì con la coda dell'occhio e vide Kaourintin staccarsi dai bambini per andarle incontro. Mano nella mano, i due si allontanarono e andarono a sedersi sul bordo del pozzo. Avevano molte cose da raccontarsi.

«Messer Galeran, il signore di Huelgoat mi ha detto di eseguire i vostri ordini. Cosa dobbiamo fare per tutta questa gente?»

Il soldato, cui sovente Broérec aveva affidato il comando della fortezza, aspettava con deferenza davanti a Galeran.

«Trova innanzitutto del cibo e qualche lenzuolo o vecchi indumenti per i più deboli. Trasporta i feriti nella cucina e Thustan nella sala della torre. Bada che resti in catene o sarai tu a risponderne.»

«Sì, messere. Sarà fatto», rispose l'uomo girando sui tacchi.

Dopo aver portato Quolibet alle stalle, Galeran raggiunse Gweltaz e padre Gwen che stavano discutendo animatamente, non lontano da Kaourintin e Armelle.

«Gweltaz, venite! Adesso basta, e anche voi, padre, e Kaourintin, seguitemi alla torre! Vado a cercare Broérec.»

«Bene, messere. E loro?» chiese Gweltaz indicando col mento Hoel e Jestin che erano rimasti in mezzo al cortile.

«Dite loro di raggiungerci», rispose Galeran incamminandosi verso la torre.

Capitolo 34

Erano riuniti tutti nella grande sala... tutti coloro che erano sopravvissuti.

Broérec semiaccasciato sul tavolo di quercia, Hoel e Jestin l'uno accanto all'altra su una panca, Gweltaz e padre Gwen seduti ben dritti ma un po' a disagio, Kaourintin in piedi dietro di loro, Cléophas appollaiato su uno sgabello e Titik accovacciato ai suoi piedi.

Nella stanza le tre candele della morte ardevano per ricordare che nel letto giaceva la salma di Drogon.

Era una sorta di consiglio di famiglia, ma una famiglia decimata dall'odio e dal delitto.

Tutti fissavano il cavaliere, in piedi di fronte a loro.

« Bene », incominciò Galeran, « è venuto il momento di dare un senso a ciò che per la maggior parte di noi è ancora un sogno spaventoso, un incubo terribile... »

Broérec lo interruppe. « Amico mio, se ti ho chiamato è proprio perché, di ritorno dalla prigionia, mi sono ritrovato a vivere in questo incubo. Al punto che non sapevo se stessi dormendo o se fosse, invece, tutto vero. Speravo che mi liberassi da questo tormento, e invece mi hai dato il colpo di grazia! »

« Broérec », rispose con dolcezza il cavaliere, « non sono io che posso liberarti, ma la verità. Sei pronto ad ascoltarla, con pazienza? »

Il vecchio compagno d'armi acconsentì in silenzio, stremato, livido in viso.

«Alcuni teologi e Padri della Chiesa», riprese Galeran, «negano il peccato originale. È ingiusto, affermano, pensare che l'errore di Adamo, di cui tutti noi siamo figli, debba ricadere sull'essere umano, che i neonati nella loro culla siano ancor oggi gravati da una simile maledizione.

«E questo è in effetti riprovevole, ma corrisponde alla realtà, perché le nostre parole e le nostre azioni ci sopravvivono con una forza che la maggior parte di noi non riesce nemmeno a immaginare. Noi moriamo, ma il male commesso perdurerà, in un modo o nell'altro, anche dopo la nostra vita.

«Così tu, Broérec, quando hai custodito il segreto di tuo padre, senza rendertene conto hai dato inizio al tuo incubo, alla tua Youdik!

«Non solo è stato un atto deplorevole ma, come ogni bassezza, uno stupido errore! Ricorda che i tempi cambiano. Le alleanze tra i grandi signori permettono loro di estendere il proprio dominio a scapito dei meno potenti, che saranno costretti prima o poi a cedere a meno che non sappiano ricorrere all'arte della diplomazia. Guarnigioni di venti o trenta soldati, le piccole rivolte contadine, tutto questo non esiste più! La crociata ne è un esempio: la guerra oggi si fa con migliaia di uomini.

«Prova invece a immaginare la miniera ben sfruttata, la prosperità del tuo feudo e il potere che ne avresti ricavato. Ma l'idea non ti ha nemmeno sfiorato. Volevi solamente assecondare la tua brama di violenza e ti sei lanciato a capofitto in un'avventura militare alla quale hai sacrificato il fiore degli anni e altro ancora... Adesso, però, passiamo ad altro.»

Mentre il cavaliere parlava, Broérec non aveva smesso un istante di agitarsi sullo sgabello. A quel punto intervenne, scuro in volto: «Va' avanti, devo conoscere il mio male!»

«In questa vicenda, Broérec, mi hai affidato il ruolo del guastafeste», riprese Galeran. «Ma attorno a me c'era un muro di silenzio! Jestin, Cléophas, Drogon, tu stesso, i contadini, padre Gwen... tutti tacevano oppure mentivano...

«Poi è successo qualcosa. Qualcuno ha rovistato nella mia stanza e ha rubato la lettera che mi avevi inviato. È stato un errore. Perché non leggerla e rimetterla dov'era? La risposta è semplice: chi aveva preso la missiva non sapeva leggere e l'aveva portata con sé perché qualcuno gliene rivelasse il contenuto. Chi non era in grado di leggere e poteva accedere in quel momento alla mia stanza?

«Drogon, che dopo la battuta di caccia è rientrato in tutta fretta alla torre con il padre. Drogon, che aveva sempre preferito le armi alle lettere! Mentre Broérec andava a riposarsi, il figlio ha colto l'attimo per impossessarsi della missiva. Ma a chi poteva rivolgersi per scoprirne il contenuto? La risposta mi fu quasi subito chiara: a dama Genovefa.»

Cléophas, sentendo il nome della moglie, si riscosse e guardò il cavaliere con aria disperata.

«Sì, mio povero Cléophas, fin dall'inizio la storia della tua sposa non mi è sembrata limpida. Che Drogon volesse soppiantare il padre, mi sembrava normale; che Thustan fosse suo complice, potevo capirlo, che Jestin scomparisse, anche! Ma la vicenda di Genovefa mi aveva insospettito: una donna ancora giovane, avvenente, che parla diverse lingue, con una ricca dote. Cosa ci faceva in quello sperduto paesino dell'Armorica? Perché non se n'era ancora andata?

«Broérec l'aveva portata di forza al castello per darla in moglie a un uomo già avanti negli anni e contro la sua volontà... Lì già viveva la bella valchiria che il signore di Huelgoat aveva impalmato senza il suo consenso. La complicità tra le due donne nacque spontanea, perché avevano un solo nemico: Broérec!»

Costui era diventato ancor più pallido. Lanciò a Galeran un'occhiata furibonda, fece per alzarsi ma poi si lasciò ricadere senza una parola sullo sgabello.

Il cavaliere, imperturbabile, proseguì: «La nostra Genovefa conquista così la fiducia della giovane padrona, e ne diviene la confidente. Viene a sapere dell'esistenza della miniera abbandonata e dell'amore di Mechtilde per un cugino, messer Sigfried. Grazie alla dote e alle relazioni che aveva saputo intrecciare, l'astuta Genovefa aiuta i due amanti a corrispondersi e così Sigfried arriva a Huelgoat. Broérec è in guerra, e i due consumano la loro passione alla fattoria. Mechtilde, che Broérec non era mai riuscito a ingravidare, resta incinta del cugino. Sigfried le promette di tornare a prenderla con una scorta ben armata. Quando è di nuovo a Huelgoat, Mechtilde sta per partorire... ma non ha importanza, perché parte insieme a lui affidando la piccola, compromettente Ninian a Genovefa e Cléophas... al quale devo questa storia! »

Mentre parlava, Galeran continuava a tenere d'occhio Broérec, temendo che prima o poi esplodesse. Ma il signore di Huelgoat, sempre livido, rispose con calma inaspettata: « Continua, Galeran, continua. Devo sapere... »

« Giunta in terra germanica, dama Mechtilde convolò a nuove nozze con l'uomo che amava. Ma la Chiesa li scomunicò, poiché, come sapete, vieta i matrimoni tra consanguinei. Così partirono per la Terra Santa dove trovarono la morte... »

Hoel si voltò di scatto verso Ninian: « Ma è la storia che mi hai raccontato! »

« Non lo sapevo, te lo giuro; me l'ha confidata padre Gwen senza dirmi a chi si riferisse! »

« La tragica vicenda di Mechtilde e Sigfried ha avuto grande risonanza in tutta la cristianità, mia cara ragazza », disse il cavaliere. « Soltanto un miscredente come Broérec poteva ignorarla! Ma questo non è che il primo atto del mistero che sono stato chiamato qui a risolvere. »

Galeran si volse verso Broérec: « Ti ho sempre giudicato un bruto senza scrupoli, ma ho sottovalutato la tua intelligenza. Eri geloso di Mechtilde fino alla follia: avevi ragione. Hai allontanato le donne dal castello e, ancora una volta, hai colto nel segno diffidando di dama Genovefa. Quando Cléophas si è deciso a parlare, mi ha consigliato di recarmi in visita alla sua sposa. Ed è quel che ho fatto il giorno successivo. Genovefa non ne è stata contenta, ma l'ha mascherato bene. Una brava attrice! Si è lasciata andare a qualche confidenza, una semplice esca per la preda, niente di più...

« Un fatto era però evidente: la donna era fuori posto alla fattoria, in quell'angolo dimenticato dal mondo... a meno che... Ma veniamo alla sua tragica morte, Thustan », e il cavaliere si rivolse all'uomo incatenato che dava in smanie.

« Quando sono tornato al castello, quel giorno, tu non c'eri. Infatti mi avevi seguito sino alla fattoria. Dopo che me ne sono andato, hai avuto fortuna: dama Genovefa, la serva e il figlio sono usciti nel frutteto... »

Il vecchio Cléophas balzò in piedi: « Sei stato tu, allora, maledetto... »

Thustan taceva, roteando gli occhi terrorizzato. Il cacciatore selvaggio si era trasformato in una larva umana tremante dalla testa ai piedi.

« Calmati, Cléophas... » disse il cavaliere, alzando una mano.

« Se dama Genovefa non aveva ancora lasciato la fattoria, era per una sola ragione: la miniera, che poteva procurarle denaro e potere. Era l'unica a sapere della sua esistenza, grazie alle confidenze di Mechtilde. Questa donna diabolica si è allora presa cura di Drogon, che intanto era cresciuto. È diventata la sua consigliera, l'ha messo contro il padre e gli ha fatto balenare l'opportunità di sfruttare la miniera in gran segreto. E tutto è stato facile. Broérec, dopo la fuga della moglie e la fine delle sue ambizioni militari, si macerava nelle pozioni e nel vino, disinteressandosi dei suoi possedimenti.

« La nostra volpe era affamata. La dote non le bastava, voleva sempre di più! Sicuramente pensava di farsi sposare prima o poi da Drogon, che le era ormai completamente sottomesso. Restava un problema: la manodopera. I minatori qualificati costano una fortuna, le gallerie erano basse e anguste ma, per tagliare corto... in quel momento fa la sua comparsa Withénoc! »

Galeran fece una pausa.

« Cléophas mi ha riferito che a Drogon piacevano le novizie del monastero di Carhaix. Là ci sono delle celle per queste giovani recluse... Sicuramente là ha incontrato il monaco, e sempre là il giovane pastore ha iniziato a predicare la sua crociata, senza immaginare che Withénoc l'avrebbe condotto all'inferno. Non è vero, Kaourintin? »

« Sì, è andata proprio così », confermò il ragazzo con la voce spenta. « Withénoc è venuto ad ascoltarmi al mercato e mi ha offerto il suo aiuto. Non ho saputo rifiutare... »

« Sei stato un'esca perfetta per intrappolare una preda inconsueta, Kaourintin. Dama Genovefa si è comportata alla stregua dei mercanti di schiavi che vendono i bambini in Oriente... Grazie a te, aveva trovato la manodopera necessaria!

« Era anche riuscita a stringere ottimi rapporti con gli abitanti dei villaggi vicini, anch'essi nemici di Broérec: ne ha comprato il silenzio, arricchendoli, e loro hanno chiuso gli occhi sul traffico di bambini, del cui mostruoso destino erano però all'oscuro.

« Ah, era proprio soddisfatta dama Genovefa! Aveva pensato a tutto, tranne che a Thustan! Si dice che i lupi non si sbranino tra loro, senza dubbio sono meno crudeli degli esseri umani! Un giorno Thustan si è stancato di giocare un ruolo secondario. Il denaro gli passava sotto il naso, e non poteva trarne giovamento. Sapeva che Broérec aveva i giorni contati, e che solo il mio arrivo aveva ritardato la sua condanna. Ma se fosse venuto a conoscenza dei segreti di Genovefa, si sarebbe trovato nella stessa posizione di Drogon e avrebbe potuto fare a meno di loro.

« E tuttavia non è che uno stupido. Si era assicurato la

complicità dei tre garzoni, ma non ha potuto cavar nulla da quell'intrepida donna, straziata dalla morte del figlio... Da quel momento, Drogon ha cominciato a tenerlo d'occhio e, come abbiamo visto, ha dovuto accelerare le cose... »

« Ma perché Withénoc è venuto a Lannédern, cavaliere? » domandò il parroco con voce tremula.

« Qui, tra i monti d'Arez, era al sicuro. In una città tutti quei bambini avrebbero attirato l'attenzione. Inoltre sapeva di potervi soggiogare. »

« E per quale ragione non ci ha portato subito alla miniera? » incalzò Kaourintin.

« Withénoc era astuto. Sapeva che se foste rimasti a Lannédern, molti altri bambini vi avrebbero raggiunti. E poi voleva farvi ingrassare per vendervi al prezzo migliore! »

« Ma allora perché ha condotto subito alcuni, come i figli di Janik, alla miniera? » chiese ancora Kaourintin.

« Anche se avevano messo in conto di perdere qualche bambino, non avevano previsto un numero così elevato di vittime di cui sbarazzarsi. Per questo Withénoc consegnava nuovi schiavi ogniqualvolta nella miniera si verificavano dei decessi. »

« Se non sono stati i carcerieri a ucciderli, chi ha decimato quei poveri ragazzi? » intervenne Broérec.

« Ricordi che avevo parlato di un veleno, e non di un avvelenatore? C'è una bella differenza. Ti avevo promesso di trovare il colpevole e ho mantenuto la parola. Eccolo! »

Galeran estrasse qualcosa dalla scarsella e la gettò sul tavolo. Tutti trasalirono.

Al centro del ripiano di legno c'era un semplice lingotto di metallo dal colore grigio blu.

« E allora? » domandò stupito Broérec.

« I bambini sono stati uccisi dal piombo, come probabilmente anche tuo padre. Continuando a scavare a mani nude sono stati avvelenati dalla polvere scintillante e mortale di quel minerale che respiravano giorno e notte! »

« Come hai fatto a capirlo? »

« È stata quella striscia bluastra sulle gengive a farmi comprendere di che veleno si trattava. Dopo quell'indizio, e osservando lo stato delle ginocchia di quei poveri bambini, non mi restava che cercare una miniera di piombo con delle gallerie talmente anguste che soltanto dei ragazzini potessero percorrerle. »

Un silenzio incredulo era calato nella grande sala.

Il cavaliere si accostò a Broérec. Il vecchio compagno d'armi continuava a tacere e a tenere lo sguardo fisso sulle mani.

« Tu non hai voluto riconoscere un figlio dall'animo nobile, che per di più ti ha salvato la vita... Tuttavia, in nome dell'amore e della legge del sangue, che tu lo voglia o no, sei suo padre. E hai umiliato Cléophas, che era il tuo unico e vero alleato. Ma senza di loro, e senza il nostro Titik, non ci troveremmo tutti qui, sani e salvi! »

Capitolo 35

KAOURINTIN uscì all'aperto traendo un profondo respiro. Dopo l'atmosfera opprimente della torre, l'aria frizzante della sera lo rianimò.

Una figuretta uscì dall'ombra della passerella e gli si avvicinò.

« Kaourintin, Kaourintin? » La voce era ansiosa.

Il giovane fu colto di sorpresa e quasi s'impaurì. « Armelle, piccola, cosa ci fai qui? »

La ragazza lo fissava e, come ogni volta che lo incontrava, era tanto emozionata che non sapeva se ridere o piangere. « Volevo chiederti se stavi bene. »

« Sì, Armelle, come può star bene uno che ha un peso sulla coscienza! » mormorò il pastore.

« Kaourintin, no! Non devi sentirti così in colpa », supplicò lei. « Tu sei sempre stato in buona fede. »

« Ma la mia buona fede è costata la vita ad altri innocenti, che sono morti per causa mia! » ribatté il giovane con amarezza. « Qualsiasi cosa io possa fare, non sarà mai sufficiente a riparare il mio errore. »

Kaourintin sospirò. « Perdonami, Armelle, continuo a parlare di me! Ma è già calata la notte, e tua madre sarà in pensiero. »

« Gweltaz avviserà i miei genitori », rispose gentilmente la ragazza. « È appena andato via con i suoi uomini e mi ha concesso di aspettarti. Volevo tornare con padre Gwen, ma non l'ho ancora visto uscire. »

«È rimasto con Broérec, che ha deciso di confessarsi: ne avrà per un po'.»

Il pastore non riuscì a trattenere un sorriso, come del resto Armelle.

«Ah, questo è certo. Se gli dirà veramente tutto, ci vorranno giorni e giorni! Ma cos'è successo alla torre, Kaourintin? Quelli che ne sono usciti avevano un'espressione così strana...»

«Te lo racconterò. Ma adesso torniamo a Lannédern. Poiché il parroco non può accompagnarti, se vuoi, lo farò io.»

I due giovani lasciarono sereni la fortezza di Broérec e subito furono nel bosco. Il canto degli uccelli tra le fronde e la gradevole frescura della foresta li confortò.

Era il crepuscolo, l'ora in cui le stelle cominciano a luccicare nel cielo blu e ci si sente in pace. Armelle non disse una parola durante il lungo tragitto, ascoltava Kaourintin che nemmeno per un istante interruppe la sua dolorosa confessione.

Il ragazzo disse poi ad Armelle che aveva deciso di riaccompagnare i bambini nei loro villaggi, uno a uno, anche a costo di impiegarci un anno intero; e che non avrebbe fatto ritorno al suo paese natale.

Improvvisamente la ragazza, che sino a quel momento era rimasta in silenzio, si fermò e guardò in viso il giovane pastore. Parlò con voce pacata, lentamente, fissando Kaourintin con i suoi occhi grigio chiaro: «"Mi ha mostrato la Città Santa, Gerusalemme, che scendeva dal Cielo"... Aspetterò il tuo ritorno, poi partiremo insieme per il nuovo mondo, questa volta, però, per quello giusto!»

Kaourintin la guardò intensamente.

Arrivarono a Lannédern camminando fianco a fianco e tenendosi per il mignolo.

CAPITOLO 36

ERA NOTTE FONDA quando Broérec uscì dall'angusta stanza nella quale si era rinchiuso insieme a padre Gwen. Il vecchio parroco scese con difficoltà la scala che portava alla cucina: la volontà di pentimento del signore di Huelgoat gli aveva prosciugato anche le ultime energie. Per sua fortuna, Gweltaz gli aveva lasciato qualche uomo robusto che si sarebbe occupato di riaccompagnarlo e di trasportare sulle barelle le salme di Genovefa e del figlio. Il gruppetto si mise quindi in marcia, ghermito dalle tenebre che avvolgevano la fortezza, su cui cadde il silenzio.

Il cavaliere scrutava Broérec, il cui viso esprimeva una risoluta decisione. Il vecchio compagno d'armi sembrava determinato e allo stesso tempo tranquillo e sereno, per la prima volta da quando lo conosceva. Aveva ottenuto il perdono *post mortem* dei peccati del padre, oltre che l'assoluzione per i suoi?

Galeran, che aveva stabilito di partire l'indomani per raggiungere il Léon e il maniero di famiglia, gli si accostò. Broérec sedeva su uno sgabello e fissava le ceneri incandescenti nel caldano. Quando il cavaliere gli posò una mano sulla spalla, il signore di Huelgoat alzò con calma la testa ad ascoltarlo: « Posso parlarti un momento, Broérec? »

« Certo, amico mio, dimmi pure. »

« Ho fatto il mio dovere », disse dolcemente Galeran. « Il mio debito è saldato. È ora che torni nella mia terra. »

«Hai ragione, ora tutto è finito. Ma tu non hai soltanto pagato il tuo debito, hai fatto molto di più e, adesso, sono io a doverti riconoscenza!»

«No, Broérec, siamo pari. Se hai trovato la pace interiore, mi dichiaro più che soddisfatto.»

«Quando pensi di partire?»

«Domani mattina, all'alba. Non c'è motivo di trattenermi ancora.»

«Posso chiedere un favore al mio fratello d'armi?»

Il cavaliere lo squadrò, chiedendosi se la calma e la stupefacente mitezza di Broérec non celassero qualche altro rabbioso tumulto interiore.

«Ti ascolto.»

«Ho promesso davanti a Dio e a padre Gwen di espiare i miei peccati. Domani, al sorgere del sole, farò penitenza davanti ai miei uomini e ai contadini che Gweltaz avrà radunato.»

«Ti penti pubblicamente?» chiese stupito Galeran.

«Sì, lo desidero. Ti prego soltanto di assistermi fino al momento in cui abbasseranno il ponte levatoio domani mattina. Perché questa notte vorrei che mi facessi compagnia, sempre che tu sia d'accordo.»

Il cavaliere ci pensò un istante, poi accettò.

«Infine ti chiedo di accordarmi un altro favore... cui tengo moltissimo.» Broérec fece una pausa. «Ho riflettuto su quanto mi hai detto a proposito di Hoel. E ritengo giusto che, dopo aver trascorso qualche tempo al servizio di un signore, indossi il mantello bianco e diventi cavaliere come gli dà diritto il suo lignaggio.»

Galeran approvò con un cenno del capo.

«Lo manderò con una lettera dal nostro visconte Tanguy. E quando sarà il momento, vorrei che fossi tu a consacrarlo cavaliere col rituale dell'addobbamento. Hoel non potrebbe avere miglior padrino! Alla fine della cerimonia gli consegnerai la mia spada.»

«Hai deciso di ritirarti?» domandò Galeran confuso.

« Sì, ho parlato a lungo con padre Gwen. Dopo aver fatto penitenza e messo ordine nelle mie cose, andrò a Landévennec. »

« All'abbazia di Saint-Guénolé? »

« Sì, padre Gwen la conosce bene, dato che la sua parrocchia dipende da Landévennec, e poiché deve andarci partiremo insieme in primavera. Sembra che i benedettini abbiano bisogno di uomini robusti per costruire una cinta fortificata che li protegga dal mare! »

Una luce maliziosa brillò negli occhi di Broérec: « Non avresti mai pensato di vedere una cosa simile in vita tua, eh, Galeran? Broérec de Huelgoat che si fa monaco! Questa volta sono stato io a sorprenderti, non è vero? E se poi non dovessi essere un buon religioso, sarò certamente un ottimo cellerario: me ne intendo, di vino, e sembra che l'abbazia sia circondata di vigneti di qualità! » Poi, fattosi serio, domandò a Galeran: « Credi che mi accetteranno? »

« Poveretti, li compatisco! »

« Ma io sento di poter essere una persona dolce », protestò Broérec giungendo le mani.

Il cavaliere lo squadrò, e scoppiò a ridere. L'effetto fu immediato: un braccio si allungò così rapidamente che Galeran non ebbe il tempo di schivare un pugno che avrebbe tramortito un bue.

« Amico mio, quanto a dolcezza bisognerà fare dei progressi! » protestò il cavaliere.

L'altro si guardava le mani perplesso. « Hai ragione, Galeran, ma ci riuscirò! »

« Sapendo quanto sei testardo, ci credo », rispose serio il cavaliere.

Tacquero a lungo. Poi Broérec domandò bruscamente: « Io vorrei... insomma... ecco, non mi hai ancora detto se accetti di fare quello che ti ho chiesto per Hoel ».

« Certo, lo sai, e poi quel ragazzo mi piace: sarà un prode cavaliere, sono pronto a scommetterci. »

« Speriamo », mormorò Broérec.

« E Jestin, cioè Ninian? »

« Tornerò per benedire la sua unione con Hoel, e tu sarai presente, vero? »

« E pensare che contavo di aver definitivamente saldato il mio debito. Vedo che invece pensi soltanto a legarci l'un l'altro sempre di più! » disse Galeran ridendo.

« È che adesso ho capito perché già dai tempi di Vitré preferivo la tua compagnia a quella degli altri! Sono pochi i cavalieri valorosi. Tanto vale dunque cercare di legarti a noi... »

E Broérec spintonò con vigore il povero Galeran.

CAPITOLO 37

ERA STATA una lunga nottata. Il signore di Huelgoat aveva parlato in continuazione, e l'alba annunciava ormai il nuovo giorno.

Sebbene affaticato per la lunga veglia, il cavaliere era di buonumore, felice di poter tornare al maniero dei genitori, nel Léon. Scivolò lungo la scala che portava alla cucina da cui proveniva un acciottolio di piatti. Qualcuno canticchiava allegramente preparando le frittelle.

Galeran aggrottò le sopracciglia: era la voce di Cléophas, che soltanto la sera prima, cupo e disperato, si appoggiava alla spalla di Titik per uscire dalla sala.

Il cavaliere fece il suo ingresso nel momento in cui il vecchio cuoco rovesciava fuori della porta l'acqua di una grossa marmitta. Era solo e di ottimo umore, ma nel vederlo sussultò.

« Salve, Cléophas! Vedo che sei contento stamane! »

« Oh cavaliere, eccovi! » rispose a disagio. « Avrete fame, adesso vi preparo qualcosa di buono. »

Si avvicinò al salatoio e, dopo aver sollevato il coperchio, ne estrasse un'invitante salsiccia che grigliò al fuoco, voltando la schiena a Galeran. Taceva e sembrava tutto indaffarato a controllare la cottura della carne.

Nel silenzio del locale, il cavaliere percepì improvvisamente un rantolo. Sembrava venire dalla cantina. Le assi di legno che coprivano la botola da cui ci si calava per raggiungerla non erano al loro posto. Galeran si accorse che il soldato che aveva lasciato di guardia la sera precedente non c'era. La scala era ancora lì, s'intravedevano i montanti dietro le assi disgiunte.

«Cosa succede là sotto? La guardia è scesa a controllare Thustan?»

«Ehm, no», grugnì Cléophas, sempre più imbarazzato. «È uscita.»

«Lasciando la scala a quel modo? Cosa mi nascondi Cléophas?» tuonò Galeran spostando le assi e calandosi attraverso la botola.

Come mise il piede in cantina, non sentì più alcun rumore. Strinse gli occhi, cercando di adattarsi al buio del locale. Nella fumosa luce della torcia intravide il corpo di Thustan riverso sulla macina, immobile, ancora in catene.

Si accostò, ma sapeva già cosa avrebbe visto. Un filo di bava usciva dalla bocca contratta dell'uomo. Il lineamenti erano stravolti dal dolore. Una ciotola colma di brodaglia giaceva ai suoi piedi. Il cavaliere la raccolse e fu colpito dall'intenso odore di fiele. Era uno dei veleni più letali, conosciuto fin dai tempi antichi: il giusquiamo nero era infatti diffuso come la gramigna tra le rovine... Oltre a una fine rapida, causava alla sventurata vittima atroci dolori.

Non c'era più niente da fare, Thustan era morto: il micidiale veleno gli aveva spalancato le porte dell'aldilà.

Galeran risalì lentamente la scala con la ciotola in mano.

Il vecchio Cléophas lo aspettava, incerto, dondolandosi sulle gambe.

Il cavaliere lo fissò con durezza tendendogli la ciotola. «Credo che Thustan sia morto d'indigestione. L'ho sempre detto che il tuo cibo è immangiabile!»

CAPITOLO 38

QUANDO il ponte levatoio fu abbassato, un mormorio corse tra la gente accalcata sulla spianata davanti alla fortezza. C'erano gli abitanti di Huelgoat e di Saint-Herbot, ma anche quelli di Lannédern, delle torbiere della Yeûn e di qualche podere isolato.

Come gli era stato chiesto, Gweltaz aveva avvisato tutti, inviando messaggeri per colline e villaggi ad annunciare il pentimento pubblico del signore di Huelgoat.

L'evento era così straordinario che una folla di uomini, donne e bambini, memori delle angherie subite da Broérec e Drogon, si era accalcata sin dal sorgere del sole alle porte del castello. Nel cortile regnava il silenzio. Il cavaliere aveva ordinato ai soldati di disporsi su due lunghe file, che andavano dalla torre al ponte levatoio. Gli uomini, immobili come statue e armati di tutto punto, rendevano l'ultimo omaggio al loro signore. Hoel e Jestin stavano l'uno di fianco all'altra accanto alla porta carraia in silenzio, impressionati da quel cerimoniale più militare che religioso.

Il vecchio Cléophas, una mano appoggiata sulle gracili spalle di Titik, era fermo sulla soglia della cucina, lo sguardo perso nel vuoto.

Il signore di Huelgoat uscì dalla torre in tutta la sua imponenza. Portava una calzamaglia scura, ma aveva i piedi nudi e il dorso scoperto. I lunghi capelli biondi gli cadevano sciolti sulle spalle. Nella mano sinistra teneva una lunga frusta. Galeran lo seguiva compunto a breve distanza. Broérec si volse verso di lui, pallido più del solito: la lunga notte insonne aveva lasciato il segno sul viso di entrambi, ma lui appariva determinato: « A presto, mio compagno d'armi! Sono sicuro che ci rivedremo ».

« Che Nostro Signore ti dia la forza di compiere il tuo voto senza cedimenti », lo salutò Galeran.

Quindi stette a osservarlo mentre camminava a testa alta tra le file dei soldati. Nessuno parlava: anche vestito a quel modo e senza armi, il signore di Huelgoat incuteva soggezione.

Quando arrivò al ponte levatoio cominciò a frustarsi. Nel silenzio opprimente lo schiocco della sferza sembrò amplificato. Profondi segni gli rigavano già la spalla destra e la schiena, ma nonostante il dolore non si lasciò sfuggire un lamento.

Padre Gwen, che stava nei pressi del ponte levatoio, si fece il segno della croce, impressionato dall'impeto del penitente, al cui passaggio la gente si scostava. Nessuno si aspettava un simile spettacolo e ci fu chi, come Gweltaz Ar Fur, decise di tornare alla propria abitazione. A modo suo Broérec aveva vinto ancora una volta e restava il signore incontrastato, colui che ha il potere di dispensare sofferenza e morte, a cominciare dalla sua.

Il cavaliere era certo che Broérec non avrebbe ceduto, che sarebbe giunto a Lannédern e avrebbe fatto ritorno; e che la sera, conclusa la penitenza, sarebbe crollato nel suo sangue ai piedi della torre. Rifletté anche che, al pari dei crociati che si fanno cucire la croce di Cristo sulla spalla destra, Broérec aveva scelto di flagellarsi, segnando la sua carne di uomo, proprio come il Figlio di Dio.

In questo modo il signore di Huelgoat non solo riscattava l'anima dannata del padre, ma espiava tutte le sue colpe pagando per le madri di Hoel e Drogon, per dama Mechtilde, per sua figlia... per tutti coloro che aveva ucciso, sgozzato, violato e fatto a pezzi senza mai chiedere perdono.

Il cavaliere si volse. Era la stanchezza della notte insonne o l'orrore di quegli ultimi giorni a causargli quell'improvvisa nausea? Respirò a fondo e pensò che era tempo di tornare alla sua terra, al suo maniero e alla vecchia cappella affacciata sull'immensità dell'oceano.

L'imponente figura di Broérec era ormai sparita oltre la curva del sentiero, accompagnata dal corteo dei contadini che avevano cominciato a recitare le litanie.

Capitolo 39

Appoggiato al muro fatiscente della vecchia cappella, il cavaliere guardava il sole calare e specchiarsi nell'acqua trasparente.

La spiaggia sembrava coperta da un pesante tappeto bianco come la neve: erano i gabbiani che a migliaia, immobili, rivolti verso il mare, annunciavano – Galeran lo sapeva bene – la fine dell'estate.

Improvvisamente, in lontananza, alcuni uccelli si alzarono in volo, spaventati da due cavalieri lanciati al galoppo sulla sabbia dorata della battigia.

Ben presto Galeran poté distinguere il colore dei destrieri: uno era di un bianco abbagliante, l'altro nero. E a mano a mano che si avvicinavano, percepì un vago clamore che si confondeva con il sibilo del vento e il rumore del mare. Finché non sentì chiaramente queste ben scandite parole:

« L'età che sorride alla guerra...
sorride ai soldati di Venere...
... l'ardore di un valoroso soldato,
la donna sollecita all'amante... »

Galeran sentì il cuore balzargli nel petto. Non riusciva a staccare gli occhi dal destriero bianco e dall'ardimentosa figura color porpora e oro che lo montava.

Quando i cavalieri gli si fermarono davanti, aveva ormai ritrovato la calma e, prendendo la briglia del destriero bianco, disse in tono scherzoso: « Un cantico davvero curioso per una monaca! Vi pensavo rinchiusa in un chiostro, dedita alla penitenza! »

« E tu, mio bel cavaliere, potevi essere ovunque, perché non qui? » ribatté lei scendendo agilmente di sella.

Fecero qualche passo l'una accanto all'altro, poi la donna sorrise: « In questo mondo, nessun regno è eterno, eccetto quello di Nostro Signore e dell'Amore che rinasce ogni volta fin dalla notte dei tempi! »

« Siete diventata filosofa, amica mia: è il risultato delle lunghe meditazioni in monastero? »

« L'hai detto: ho avuto un'illuminazione! »

« E quale? »

« Ho capito che ero ancora troppo giovane per dedicarmi al regno di Dio... e poi la bellezza di una donna appassisce in fretta se non viene colta! »

« Io so, mia dolce amica, che la vostra bellezza non ha nulla da temere al riguardo, e voi vi siete sempre mostrata generosa! »

Lei sorrise e rivolgendosi al giovane scudiero che era rimasto a fianco dei cavalli gli ordinò: « Diamant, porta con te i destrieri. Verrai a prendermi domattina all'alba, quando in cielo brillerà l'ultima stella ».

Il ragazzo fece un inchino, saltò in sella e partì al galoppo.

Lei allora cominciò a sciogliere i capelli dai lunghi veli e lasciò cadere la pesante veste color porpora nella tiepida sabbia delle dune, mentre Galeran si sentiva trepidante e impacciato.

« Lo sapete », disse stringendola tra le braccia, « che spesso vi ho sognato? »

« No, non lo sapevo, ma adesso sarò io a farti sognare... »

Che sia la fine del libro
ma non della ricerca.
BERNARDO DI CHIARAVALLE

Nota dell'autrice

Nel suo bel libro, *Magie di Bretagna,* Anatole Le Braz ha scritto a proposito del « cuore selvatico dell'Arez tra Huelgoat e Landernau »:

« La strada che l'attraversa, costruita sui vecchi resti di qualche antica via romana, scorre dritta di collina in collina sino a una specie di merlatura sublime, [...] quella di Roc'h Trevezel. Qui, vi trovate sul balcone dell'Occidente. [...] D'inverno, quando i venti spirano rabbiosi, lo spettacolo ha un che di dantesco [...] nella bella stagione, all'ora del vespro, è uno spettacolo da fiaba. »

Terra feudale, voragine, roccia franosa, stagno abitato da fate... ancor oggi da Huelgoat si possono vedere questi luoghi magici, come i resti dell'antica miniera di piombo argentifero sfruttata prima dai Celti poi dai Romani e chiusa definitivamente nel 1934. L'abbazia di Landévennec dove Broérec decide di ritirarsi, dopo aver resistito agli attacchi dei Vichinghi, alle guerre di religione, alla guerra dei Cent'anni e alla Rivoluzione, è oggi sede di una comunità benedettina. Circondata dal mare, le sue magnifiche rovine romane si ergono come ottocento anni fa, sfidando i venti all'estremità del Finistère...

La cucina di Hermine*: ricette medievali

Minestra di zucca con stigmi di zafferano

2 kg di zucca (potete comprare la zucca giapponese la cui buccia, a differenza di quella della cucina normale, è commestibile)
150 g di lardo affumicato tagliato a cubetti
Mezzo cucchiaino di zenzero
Stigmi di zafferano
Sale e pepe

Per 6 persone. Lavate e pelate la zucca, privatela dei semi e tagliatela a dadini.
Affettate la buccia a julienne, sbollentatela e mettetela da parte.
Fate rosolare i lardelli in una padella senza condimento, aggiungete i dadini di zucca, un po' d'acqua e cuocete a fuoco lento fino a ottenere una sorta di crema.
Unite lo zenzero, il sale e il pepe.
Versate la crema sulla julienne e, prima di servire, spolverate il tutto con stigmi di zafferano.
Per questa facile ricetta bastano 10 minuti per la preparazione e 30 minuti per la cottura.

* Una delle protagoniste del romanzo *Blu sangue*.

Acqua benedetta

Questa salsa sorprendente per i nostri palati moderni accompagnava nel Medioevo le carni arrostite o bollite. È la preferita di Hermine.

Mezzo bicchiere di acqua di rose
1 cucchiaino di zenzero grattugiato
1 cucchiaio di foglie di maggiorana
Mezzo bicchiere di agresto

L'agresto (un succo acido estratto da alcune qualità di uva o dall'uva acerba) è utilizzato nella preparazione della senape; nel caso ne foste privi, con tre cucchiai di senape potrete preparare un'acqua benedetta versione XXI secolo.
Dopo aver fatto bollire per 15 minuti l'acqua di rose insieme allo zenzero e alla maggiorana, aggiungete l'agresto (o la senape). Passate al setaccio e versate sulla carne.

Tourifas

Ecco un piatto molto nutriente che si può preparare in poco tempo. Hermine lo serve soprattutto d'inverno. Questa ricetta permette di utilizzare avanzi di prosciutto e pane raffermo.

250 g di lardo non affumicato, tagliato a cubetti
Una manciata di dadini di prosciutto magro
200 g di champignon
2 uova
Pane affettato
1 limone spremuto
Farina
Pangrattato
Grasso d'oca o burro
Prezzemolo e aglio tritati

Pepe, zenzero, cumino, noce moscata, cannella

Fate cuocere il lardo in poca acqua, dopodiché scolatelo e versatelo in una casseruola. Unite grasso d'oca o burro e i dadini di prosciutto che avrete scottato a fuoco lento.
Aggiungete gli champignon, il prezzemolo e l'aglio, un pizzico di farina, un po' d'acqua, il pepe e le altre spezie. Fate cuocere a fuoco lento per addensare l'impasto. Togliete dal fuoco e versate il succo di limone. Lasciate raffreddare. Nel frattempo sbattete le uova e immergetevi le fette di pane, che ricoprirete con l'impasto ottenuto. Spolverate con il pangrattato e abbrustolite il tutto in padella.
Servite caldo accompagnando il piatto con vino rosso corposo.

Benoiles

Si tratta di un'antica ricetta simile a quelle dei nostri bignè.

125 g di farina
4 uova
50 g di burro
25 g di scorza di limone verde candita
Zucchero di canna
Sale
Acqua di fiori d'arancio

Per sei persone. Versate in una casseruola un quarto di litro d'acqua; fatevi sciogliere il burro tagliato a pezzetti, aggiungete il sale e la scorza di limone candita affettata in strisce sottili. Quando giunge a bollore, ritirate dal fuoco e unite la farina, rimestando con un cucchiaio di legno fino a ottenere un morbido impasto.
Fate cuocere a fuoco lento continuando a mescolare finché l'acqua non sarà del tutto evaporata. Togliete dal fuoco, aggiungete un uovo e rimestate energicamente.

Ripetete la stessa operazione con ciascuna delle restanti uova, finché l'impasto non sarà compatto.
In una padella fate scaldare l'olio, ma non troppo altrimenti i benoiles non si gonfiano.
Con un cucchiaio prendete un po' dell'impasto e immergetelo nell'olio: dovrebbe risalire subito in superficie. Fate friggere per circa 4 minuti per lato. Togliete dall'olio con una schiumaiola e tamponate con carta che assorba l'unto. Ripetete l'operazione fino a esaurire l'impasto.
Spolverate di zucchero i dolci così ottenuti. Serviteli caldi, dopo averli spruzzati con l'acqua di fiori d'arancio.

GLOSSARIETTO

Acquamanile: brocca nella quale gli invitati si lavano le mani durante il pasto.

Addobbamento: rituale grazie al quale un uomo diventava cavaliere. Nell'XI e XII secolo consisteva nella consegna della spada e del cinturone e in un colpo inferto simbolicamente con il palmo della mano o con la spada stessa.

Ar Fur: in bretone, uomo saggio.

Ar Menez Reûn Dû: in bretone, la Montagna Nera.

Ar Moigne: in bretone, il monco.

Buffa: berretto che copre le orecchie e buona parte della faccia.

Cellerario: monaco che soprintende alla cantina e alla dispensa in un monastero.

Cioppa: sopravveste di varia foggia indossata sia dagli uomini che dalle donne.

Corvée: prestazione lavorativa che i contadini erano tenuti a svolgere nelle terre del signore.

Drakar: antica imbarcazione scandinava a remi con vela quadra; sulla polena era effigiato un drago.

Huelgoat: in bretone, bosco alto; città del Finistère ai piedi degli odierni monti d'Arrée.

Ius primae noctis: il diritto del signore di trascorrere la prima notte di nozze con la sposa di un suo servo o vassallo.

Lega: misura di distanza corrispondente a circa quattro chilometri.

Litargirio: ossido di piombo, di colore rosso o aranciato.

Marka: termine germanico indicante un'antica misura di peso, in Francia corrispondente a 244,75 grammi.

Menez Mikêl: l'odierno Mont Saint-Michel de Brasparts.

Parrocchia: la più piccola circoscrizione ecclesiastica, costituita da un gruppo di fedeli affidati alle cure di un sacerdote, detto parroco.

Pollice: antica misura di lunghezza pari a 2,7 centimetri.

Quolibet: dal latino *quod libet*, domande poste agli studenti per verificarne le conoscenze.

Scarsella: borsa di cuoio che veniva appesa alla cintura.

Schiavina: mantello con maniche e cappuccio indossato solitamente da pellegrini o viaggiatori.

Stocco: arma simile alla spada ma più corta e sottile.

Taglia: nell'XI e XII secolo imposta diretta dapprima straordinaria poi via via sempre più regolare.

Verretta: antica arma costituita da un'asticciola metallica che si scagliava con la mano o con la balestra.

Letture

Marc Bloch, *La società feudale*, Einaudi, 1999.

André Chédeville e Noël-Yves Tonnerre, *La Bretagne féodale XI-XIII siècles*, Éditions Ouest-France, 1987.

Robert Delort, *La vita quotidiana nel Medioevo*, Laterza, 2002.

Norbert Elias, *La civiltà delle buone maniere*, il Mulino, 1998.

Jean Gimpel, *La révolution industrielle du Moyen Âge*, Seuil, 1975.

Anatole Le Braz, *Magie di Bretagna*, Neri Pozza, 2002.

Sources d'histoire médiévale, IX milieu du XIV siècle, « Textes essentiels », Larousse, 1992.

Jean Verdon, *La notte del Medioevo*, Baldini Castoldi Dalai, 2001.

Philippe Walter, *Mythologie chrétienne*, Éditions Entente, 1992.

INDICE

Fotocomposizione:
Nuovo Gruppo Grafico s.r.l. - Milano

Finito di stampare
nel mese di maggio 2005
per conto della TEA S.p.A.
dal Nuovo Istituto Italiano d'Arti Grafiche - Bergamo
Printed in Italy

TEADUE
Periodico settimanale del 24.5.2006
Direttore responsabile: Stefano Mauri
Registrazione del Tribunale di Milano n. 565 del 10.7.1989